Sexy Weekends

Band 1 der *Bridget*-Serie

Erotischer Roman

T.D. Rosari

AF175319

T.D. Rosari

Sexy Weekends

Erotischer Roman

Bibliografische Information der Deutschen
Nationalbibliothek:
Die Deutsche Nationalbibliothek verzeichnet diese
Publikation in der Deutschen Nationalbibliografie;
detaillierte bibliografische Daten sind im Internet über
http://dnb.dnb.de abrufbar.

© 2022 T.D. Rosari

Herstellung und Verlag: BoD – Books on Demand,
Norderstedt

ISBN: 978-3-7568-5118-8

PROLOG: NICHTS WIE RAUS!

Das dünne und sehr blasse 14-jährige Mädchen saß verängstigt und eingeschüchtert in ihrem Bett. Sie streichelte mechanisch ihre Katze, die sich auf ihren Schoss gesetzt hatte. Das Tier schien das Mädchen trösten zu wollen. Hilfesuchend blickte Bridget zu ihrer älteren Schwester, die mit ihr das Zimmer teilte. Doch Nora hatte sich Kopfhörer aufgesetzt und hörte laut Musik, um nicht mitzubekommen, was sich einen Stock tiefer, in der Küche des Einfamilienhauses, abspielte.

Es war Freitag. Wie immer war Bridgets Vater von der Arbeit nach Hause gekommen. Er war müde, gab aber vor, guter Dinge zu sein. Bridget spürte in diesem Moment immer die Hoffnung, dass dieses Wochenende anders verlaufen würde als die Wochenenden zuvor. Sie hoffte auf ein friedliches, harmonisches Familienleben. Oder war das zu viel verlangt?

Bridgets Vater arbeitete auswärts als Monteur und schaffte es nur am Wochenende nach Hause. Er arbeitete nicht hier, in der Provinz, sondern dort, wo es gutbezahlte Arbeit für ihn gab. Diese Arbeit gab es in der Stadt, in den großen industriellen Ballungsräumen.

Dieses familiäre Arrangement der Eheleute war einst eine sehr schwierige, aber gemeinsame Entscheidungen gewesen. Aber man rang sich dazu durch, weil man ja schließlich Opfer bringen musste, um voran zu kommen. Für Bridgets Vater bestand das Opfer aus der Distanz zu Frau und Kindern. Auf die Mutter wartete die Herkulesaufgabe, alleine fünf schulpflichtige Kinder zu betreuen. Aber hier am Land lernte man Anpacken. Haus bauen und Geld verdienen, hieß die Devise. Fleißig sein, nicht jammern. Traditionen und konservative Familienwerte standen hoch im Kurs. Auch wenn man sich von der Kirche entfremdet hatte, so hieß es doch, den Schein zu wahren. Über die Einhaltung aller Regeln wachten die Nachbarn. Jede Abweichung vom vordefinierten bäuerlich-katholisch-konservativen Pfad der Tugend wurde sanktioniert. Durch Gerede, Flüstereien und Getuschel. An Stammtischen, beim Kaffeekränzchen. Die ultimative Sanktion, die üble Nachrede, war brutal. Denn jene, die nicht beim Verstoß gegen die Regeln ertappt wurden, konnten sich über jene erheben, denen das Leben gerade einen Streich spielte. Die Schadenfreude, die Häme und die Eitelkeit der Urteilenden war grenzenlos.

Bridgets Vater hatte an diesem Abend Lust auf seine Frau. Er wollte Sex. Bridget wusste, dass das nichts Gutes bedeutete. Denn Bridgets Mutter war müde, abgekämpft, erschöpft. Außerdem fürchtete sich ihre Mutter davor, wieder schwanger zu werden. Und da die katholische Sexualmoral für bare Münze genommen wurde und Empfängnisverhütung somit tabu war, konnte sie sexuellen Begierden nicht nachgeben. Weder jenen des Mannes, noch den nur mehr spärlich aufkommenden eigenen.

Der Weigerung folgten Unverständnis, Enttäuschung und Frustration. Der Mann verstand die sexuelle Distanz seiner Lebenspartnerin nicht. Die Frau verstand die Lust und Gier des Mannes und sein mangelndes Verständnis für ihre Situation nicht. Es gab Streit. Man verletzte sich gegenseitig mit Vorhaltungen, Verurteilungen, Vorwürfen und Mutmaßungen. Immer ging es auch um das Geld. Oder schlechte Schulleistungen der Kinder. Oder Banales wie ein vernachlässigtes Blumenbeet. Oder das langweilige Essen am familiären Mittagstisch.

Diese Streitigkeiten endeten nie mit einer Geste der Versöhnung oder einer Umarmung. Nein. Bridgets Vater stieg ins Auto. Er betrank sich. Wenn er nach Hause kam war er noch fordernder und aggressiver. Die Streitigkeiten begannen von Neuem. Nur waren sie nun lauter, hasserfüllter, unversöhnlicher. Und je weiter die Nacht voranschritt, umso mehr eskalierte die Situation. Doch heute, an diesem Tag, kam es noch schlimmer. Bridgets Vater nahm sich einfach, wonach er Lust hatte. Und in diesem Moment wusste Bridget, dass sie hier raus musste.

KAPITEL 1: LEHRJAHRE

Als Bridget mit 14 Jahren ihren Eltern gegenüber den Wunsch äußerte, in ein Internat für Tourismuswirtschaft gehen zu wollen, machte sie sich keine großen Hoffnungen, dass dieser Wunsch in Erfüllung gehen würde. Umso überraschter war Bridget, als ihr Vater einige Tage später grünes Licht für den Wechsel ins Internat gab.

In der Tourismusschule lernte Bridget viel. Aber noch mehr lernte sie außerhalb des Unterrichts. Da war zum Beispiel das Leben in einem Internatszimmer, gemeinsam mit drei weiteren Mädchen. Fabienne und Irene waren normale 14-Jährige, so wie Bridget auch. Sophie aber war anders. Sie hatte schwarzgefärbte Haare und schwarz gefärbte Fingernägel. Sie trug Make-Up, hohe Schuhe, kurze Röcke und enge Tops. Sie rauchte und schummelte Alkohol ins Zimmer. Sie sprach ständig von geheimnisvollen Jungs und gab vor, mit ihnen etwas am Laufen zu haben. Sie blätterte in fremdsprachigen Modezeitschriften und Pornoheften und hatte in ihrer Nachttischschublade eine Packung Kondome und einen dunkelroten Vibrator.

Sophie liebte es, die Lehrkräfte zu provozieren. Fasziniert beobachtete Bridget, wie leicht es Sophie gelang, manche Lehrerinnen oder Lehrer aus der Façon zu bringen. Ein Opfer von Sophie war etwa der Mathematiklehrer. Ein blasser, brillentragender, dünner Kerl vom Typ Computernerd - inklusive Cordhose, Hemd und Pollunder aus Biobaumwolle. Es gab keine Mathematikstunde, in der Sophie nicht demonstrativ mit ihrem Lippenstift ihr Make-Up auffrischte oder zumindest vorgab, mit kleinem Spiegelchen ihr Aussehen zu überprüfen. Der Lehrer versuchte es mit Wegschauen, Ermahnungen, gutem Zureden und Drohungen. Er versuchte es aber auch mit Humor. Doch es half nichts. In der nächsten Stunde begann Sophie ihr laszives Spielchen von neuem. Und obwohl der Lehrer alles tat, um es zu verbergen: Die ganze Klasse konnte sehen, wie sehr ihn das Schauspiel faszinierte. Sophie hatte volle Lippen, der Lippenstift war dunkelrot und wann immer sie zur Tat schritt, ließ sie den armen Lehrer nicht aus den Augen. Sie suchte den Augenkontakt und sobald der Lehrer seiner Neugierde und Begierde nachgab und verstohlen in ihre Richtung blickte, schenkte sie ihm ein vielsagendes Lächeln. Sophie hatte diesen Kerl völlig in Griff: Obwohl sie in Mathematik eine Niete war, brauchte sie sich über ihre Mathematiknoten keine Sorgen machen.

Es gab aber auch Lehrkräfte, die auf Sophies Spielchen nicht hineinfielen. Wenn Sophie bei Prüfungen nicht die geringste Ahnung hatte, bröckelte die Fassade. Sie konnte noch so sehr die Gelassene spielen. Bridget fand, dass sich Sophie eine arge Blöße gab, wenn sie nichts wusste, nicht einmal die einfachsten Fragen beantworten konnte. In diesen Momenten wurde sehr schnell deutlich, dass Sophies Souveränität und ihre zur Schau gestellte arrogante Eleganz nur Fassade ohne Substanz waren.

Eines Tages war Sophie nicht mehr da. Hatte sie eine Affäre mit einem Lehrer gehabt? Wurde ein Joint bei ihr gefunden?

Waren es schlicht die schlechten Schulleistungen? Niemand wusste es und auch von Seiten der Lehrerinnen und Lehrer gab es bei diesbezüglichen Fragen als Antwort nur ein Achselzucken.

Bridget lernte nicht nur von Sophie. Auch das andere Mädchen aus ihrem Zimmer, Fabienne, hatte einen eigenen Weg für das Leben im Internat gefunden: Leistung. „Wenn du ihnen zu hören gibst, was sie hören wollen, dann bist du aus dem Schneider. Alles andere interessiert die nicht!". Das war Fabiennes Lieblingsspruch. Tatsächlich war Fabienne schulisch unantastbar. Trotzdem verachtete sie alle Lehrerinnen und Lehrer. Aus ihrer Sicht waren dies alles Leute, die es in „richtigen" Berufen nicht schaffen würden. Im direkten Umgang mit den Lehrkräften gab sich Fabienne freundlich und kooperativ, hinter ihrem Rücken hatte sie nur Zynismus und Missachtung für sie übrig, Die Lehrerinnen und Lehrer hingegen liebten Fabienne. Sie war keine, die störte oder Probleme machte. Sie war die Brave, es gab von ihr keinen Widerstand oder Widerspruch.

Bridget war immer wieder erstaunt, wie bereitwillig die Lehrer auf Fabiennes Spiel hineinfielen. Und wie groß die Bereitschaft der Lehrer war, an ihrem eigenen Urteil über Fabienne, der Braven, festzuhalten. Fabienne war nämlich nicht immer folgsam und angepasst: Aber wenn sie zu spät kam, die Hausaufgabe vergaß oder vor der Schule beim Rauchen ertappt wurde, so waren dies immer nur kleine „Ausrutscher". Sanktionen gab es für Fabienne nie.

Doch trotz ihrer schulischen Leistungen war auch Fabienne eines Tages verschwunden. Bei Fabienne war der Grund dafür aber kein Geheimnis: Ihr Vater hatte seinen Job verloren und ihre Familie hatte nun nicht mehr genug Geld, um sich die teure Internatsschule leisten zu können. Erschüttert beobachtete Bridget, wie Fabienne weinend ihre Sachen packte, um wieder zurück nach Hause zu gehen und dort an eine öffentliche Schule zu wechseln.

In den nächsten Monaten reifte in Bridget eine Vorstellung, wer und wie sie sein wollte: Die oberste Maxime war, unangreifbar zu sein – äußerlich, in ihrem Auftreten und innerlich, in ihrer seelischen Stabilität, in ihrem Wissen und ihren beruflichen Kompetenzen. Von Sophie würde sie sich das Auftreten abschauen. Längst war ihr klar geworden, wie sehr Frauen an Äußerlichkeiten gemessen wurden. Viele Männer und auch viele Frauen waren in ihren diesbezüglichen Beurteilungen gegenüber Frauen unerbittlich – da konnten ihre feministisch überzeugten Lehrerinnen in der Schule jammern und schimpfen, wie sie wollten. Dies war die Realität.

Von Fabienne schaute sich Bridget die mit Zynismus gepaarte Leistungsbereitschaft ab. Wer clever war, mehr wusste, informiert und reflektiert war, war auch viel weniger angreifbar als jene, die nur durch Charme und rhetorisches Geschick zu überzeugen wussten. Irgendwann fielen diese Leute alle auf die Nase.

Und dann war da das liebe Geld. Wenn man finanziell nicht weitgehend unabhängig war, wurde man viel leichter zum Spielball anderer. Fabienne war dafür das beste Beispiel. Ebenso ihre Mutter, die von ihrem Vater finanziell so kurz gehalten wurde. Für Bridget war klar, dass sie in finanziellen Dingen so unabhängig sein wollte, wie nur irgendwie möglich.

KAPITEL 2: DER REIZ DES LUXUS

Bridget begann, härter zu arbeiten. Sie vertiefte sich in die schulischen Inhalte, so gut sie konnte und entdeckte, dass auch langweilige Themen bewältigbar waren, wenn man sie sich auf leichtere Art als durch Schulbücher zu Gemüte führte. Bridget hörte gänzlich damit auf, am Wochenende nach Hause zu fahren. Dort gab es ohnehin nur Ärger und Frustration. Stattdessen begann sie, in einem Kaffee- uns Barbetrieb zu arbeiten. Sie brauchte das Geld für die Klamotten, die sie sich leisten wollte.

Ein Café- und Bar-Betrieb war ein buntes Universum, und wenn man nur aufmerksam genug war, dann gab es auch hier für eine 18-jährige Internatsschülerin viel zu lernen. Bald wusste Bridget, wie man die unterschiedlichsten Kaffee-Kreationen zubereitete, welche Tees bei reichen Öko-Muttis gerade besonders beliebt waren und dass es neben den gerade angesagten Mode-Getränken wie Aperol, Hugo und Gin noch viele andere Cocktails gab. Hier lernte Bridget auch, dass der Konsum von Getränken ebenso identitätsstiftend sein konnte wie die Frage, welchen Anzug man trug, welche Uhr das Handgelenk schmückte und welches Fahrzeug vor dem Café geparkt wurde. Erstaunlich war auch, wie selbstverständlich manche Menschen an einem Samstagnachmittag zum Abschluss eines Einkaufsbummels bei Prada, Hermes und

Louis Vuitton noch dreistellige Eurobeträge für einen Champagner oder eine Flasche Rotwein ablegten. Doch während ihre Mutter und die Lehrerinnen und Lehrer in der Internatsschule alles versuchten, um sie zu Bescheidenheit zu erziehen und verschwenderischen Luxus als unmoralisch abzuqualifizieren, so stark wurde Bridget auf fast magische Art von dieser Welt der Maßlosigkeit angezogen. Es waren nicht die kleinen Studentinnen, die die letzten Münzen zusammenkratzten, um sich einen leichten Cocktail bestellen zu können, von denen sie sich was abschauen wollte. Fasziniert war sie von dieser anderen Klientel, jener, die finanziell in einer ganz anderen Liga spielte.

Die vielen Samstage als Kellnerin lehrten Bridget aber auch, hinter die Fassaden zu blicken: Da waren jene Geschäftsmänner, die zwar teuer gekleidet waren, gepflegte Umgangsformen hatten und die ihren Frauen finanziell sicher einiges zu bieten hatten. Oft aber waren sie fett geworden, tranken und rauchten zu viel und hatten es verabsäumt, mit ihren Kindern eine normale Vater-Kind-Beziehung aufzubauen. Mit einer seltsamen Mischung aus Faszination und Abscheu beobachtete Bridget oft, mit welch attraktiven jungen Damen diese Männer das Café betraten und den spendablen Gentleman gaben. Dann wanderte Bridgets Aufmerksamkeit zu ihren Geschlechtsgenossinnen, manche kaum älter als sie selbst und sie fragte sich, was in ihren hübschen Köpfen wohl vorging. Vögelten sie diese reichen Fettsäcke, weil sie von deren Wohlstand etwas abhaben wollten? War es wirklich Zuneigung? Oder glaubten sie, dass das Prestige und der Status dieser erfolgreichen Karrieretypen auf sie abfärben würde? War es das, was diese Frauen suchten und attraktiv fanden? Vielleicht aber waren diese Männer für junge, ambitionierte Frauen nur die Türöffner in eine Welt der Reichen, Mächtigen und Schönen? Was empfanden diese

Frauen wohl, wenn sie von einem dieser schwitzenden, nach Zigaretten und Brandy riechenden 120-Kilo Kolossen auf den Schoss genommen und durchgevögelt wurden?

Oft waren diese seltsamen Pärchen – reicher Geschäftsmann mittleren Alters und junges blondes Ding Anfang 20 – so offensichtlich inkompatibel, dass es an Peinlichkeit kaum zu überbieten war. Die jungen Damen waren übertrieben affektiert, Mimik und Gestik sollten ihrem reichen Gegenüber signalisieren, wie toll und charmant und clever sie doch seien. Welch schlechte Laien-Darstellerinnen in ihren Liebhaberinnen-Rollen zu sehen waren spottete jeder Beschreibung. Die Männer wiederum waren so augenscheinlich von ihrer substanzlosen, aber immerhin hübschen weiblichen Begleitung gelangweilt, dass sich Bridget fragte, warum sich diese Männer auf diese Mädchen überhaupt einließen. War es wirklich nur der Sex, der sie interessierte? Bridget fand heraus, dass es da noch was anderes gab. Reicher Mann ließ sich am Samstagvormittag im teuersten Café der Stadt mit junger Frau blicken um allen zu signalisieren, dass er sich alles leisten und alles erlauben konnte. Schließlich war er mächtig und einflussreich: Diese Männer konnten in aller Öffentlichkeit den nächsten Ehebruch anbahnen, ohne dass dies Folgen für sie gehabt hätte. Sie signalisierten, dass sie jede Frau haben konnten, wenn sie nur wollten. Sie zahlten Unsummen für Champagner, ohne mit der Wimper zu zucken. Sie stellten den Bentley ins Parkverbot vor dem Café und hatten für die Politessen, die das Strafmandat ausstellten, nur ein mitleidiges Lächeln übrig. Hier ging es also nicht nur um Sex. Es ging um Eitelkeit, Geltungssucht und tiefersitzende Sehnsüchte, derer sich diese Männer vermutlich gar nicht bewusst waren.

Bridget merkte, dass sie von Reichtum, Status und Prestige unwiderstehlich angezogen wurde. Doch ihr war auch klar, dass sie einen anderen Weg nehmen würde als diese jungen Dinger mit ihren Sugar-Daddys. Sie würde selbst zu Karriere, Geld und Status kommen und sich dann selbst, wenn sie Lust dazu hatte, einen Toy-Boy nehmen. Nicht selten hatte Bridget Tagträume, in denen sie Mitte 40 war und einen Sportstudenten mit Sixpack, imposantem Bizeps und noch imposanterem Schwanz mit nach Hause nahm, um sich die Seele aus dem Körper vögeln zu lassen. Aber es würde immer nach ihrem Drehbuch laufen, das nahm sie sich fix vor.

KAPITEL 3:
EIN UNMORALISCHES ANGEBOT

Wann immer es die schulischen Aufgaben und ihre Finanzen es zuließen, tauchte Bridget in die Welt der Erwachsenen ein. Sie ging in die besseren Lokale, ins Theater oder zu Vorträgen und Lesungen. Sie versuchte, zu verstehen und so viel wie möglich abzuspeichern. Vor allem aber genoss sie das Eleganz und die meist recht gepflegten Umgangsformen, die an diesen Orten anzutreffen waren. Sie wurde hier nicht als Minderjährige, sondern als Erwachsene behandelt und fühlte sich ernstgenommen. Auch waren diese Ausflüge in die bessere Gesellschaft immer ein Anlass, um an ihrem Aussehen und Auftreten zu feilen.

Wenn sich Bridget schminkte und ankleidete, sich ihren Schmuck, die Schuhe und die Tasche aussuchte, dann durchlief sie stets eine Verwandlung: Es war die Verwandlung von einer durchschnittlichen jungen Frau zu einer jungen Dame, die Verwandlung von einem Mauerblümchen zu einer selbstbewussten, Erfolg und Status repräsentierenden Persönlichkeit. Wenn sie es darauf anlegte, dann war es auch die Verwandlung einer blassen Schülerin aus einem katholischen Internat zu einem nymphomanischen Vamp.

Schritt für Schritt, von der Grundierung über das Abpudern des Gesichts bis hin zum Auftragen von Mascara, Lippenstift und Rouge: Die Frau, die ihr aus ihrem Spiegel entgegenblickte, war ihr zwar anfangs sehr vertraut, aber nach dem Schminken ziemlich fremd. Diese nun ganz andere, durchgestylte Frau war aber viel spannender, ungewöhnlicher. Dies war die Frau, die sie sein wollte. Ungläubige Faszination machte sich in Bridget breit, Eitelkeit und Selbstbewusstsein. Das Make-Up war wie eine Maske, unter der sie ihre Unsicherheiten und ihre Herkunft verbergen konnte, gleichzeitig konnte sie sich nun von den Erwartungen der Menschen, die sie bisher umgeben hatten, distanzieren. Auch stand das Make-Up für die enormen Ambitionen, die sie nun verfolgte.

Und dann war da noch die erotische Dimension. Bridget empfand stets ein angenehmes erotisches Prickeln, wenn sie ihr verwandeltes Selbst im Spiegel bewunderte. Sie fand sich schön. Sie war kein Teenager mehr, sondern eine Frau. Und sie war sich absolut sicher, dass dies auch viele Männer so sehen würden. Geschminkt und gestylt in den Tag zu gehen erhöhte die Chance auf begehrliche Blicke, mehr oder weniger geschickt vorgebrachte Komplimente, den einen oder anderen Flirt. Wie sich bald herausstellen sollte, führte der eine oder andere Flirt auch zu einer sexuellen Begegnung.

Ähnliche Gefühle wie das Make-Up löste auch die Wahl ihres Outfits aus. Es gab keinen Tag mehr, an dem ihre Unterwäsche nicht sexy und provokativ war. An vielen, vielen Tagen bekam natürlich kein anderer Mensch ihre Dessous zu Gesicht. Doch schon das morgendliche Herausnehmen der Unterwäsche aus der Schublade war wie ein Auftrag an sie selbst: Das Ziel war, Männer mit ihrer erotischen Ausstrahlung um den Verstand zu bringen. Würde es ihr heute gelingen, dass sie ihr Höschen nicht selbst wieder würde ausziehen müssen?

Bei der Auswahl von Jeans, Hosen und Röcken, beim Anprobieren von Kleidern und Tops, beim Kombinieren von Schuhen und Accessoires waren stets zwei Gefühlslagen ausschlaggebend. Erstens: Wie fühlte sie sich selbst, wenn sie ihr Spiegelbild betrachtete? Zweitens: War ihre Erscheinung dazu angetan, Interesse von Männern zu wecken? Und zwar nicht von irgendwelchen Männern, sondern von Männern mit Stil, Klasse, Erfolg und Status. Die Gradwanderung zwischen billig und ordinär und sexy, aber stilvoll war schmal. Besonders, wenn man nicht das nötige Kleingeld für Qualitäts- und Luxusartikel hatte.

Doch Bridget überlies, wie in so vielen anderen Dingen, nichts mehr dem Zufall: Sie informierte sich im Internet und in Zeitschriften. Sie leistete sich gelegentlich eine Kosmetikerin (auch wenn dies ihr Budget im Grunde nicht hergab) und fragte diese um ihren fachlichen Rat. Außerdem probierte und testete sie. An verregneten Samstagen verbrachte sie Stunden in Einkaufszentren. Nicht unbedingt, um zu kaufen. Sondern um zu schauen und zu probieren. Sie beobachte andere Frauen und stets begegnete sie Geschlechtsgenossinnen, die erstaunlich viel aus ihrem Typ gemacht hatten. Was würde sie sich abschauen können? Welche stylingmäßigen Missgriffe und Geschmacklosigkeiten musste sie vermeiden?

In die Geschäfte der Modeketten und in die Boutiquen ging Bridget also, um zu probierten und ein Gefühl für einen eigenen Stil zu entwickeln: Sie wagte sich an Mode, die sie bisher nicht für sich in Betracht gezogen hatte. Sie probierte Mode, die ihr die Ablehnung ihrer Mutter garantieren würde, weil sie viel zu sexy war. Sie übte sich im Kombinieren von Ober- und Unterteilen, in der Auswahl von passenden Schuhen und Handtaschen. Mit derselben Akribie, mit der sie nun ihre schulischen Aufgaben erledigte, feilte sie an ihrem eigenen Stil, an ihrem modischen Geschmack.

An diesen Tagen lernte sie sich aber auch selber besser kennen. Wie vor dem Schminkspiegel durchlief sie auch vor den Spiegeln in den Umkleidekabinen des Shopping-Centers unzählige Verwandlungen. Und jede dieser Verwandlungen brachte neue Facetten in ihr zum Vorschein. Langsam, aber dafür umso deutlicher dämmerte es Bridget, dass sie sein konnte, wer immer sie sein wollte. Diese Erkenntnis war so unglaublich aufregend, dass es zu einem ihrer wichtigsten Mantras wurde: *Du kannst sein, wer immer du sein willst!*

Im Spiegel begegnete ihr das eine mal eine junge Frau in tief auf der Hüfte sitzenden, engen Jeans und kurzem Spaghettitop. Die enge Jeans-Röhre machte ihre Beine schlanker und länger, als sie vermutet hätte, das Top betonte ihren Busen. Dann wieder stand da eine junge Business-Lady in Bleistiftrock, Blazer und klassischer Bluse, mit schlichten schwarzen Strümpfen und nicht weniger zeitlosen Pumps. Wenige Minuten später blickte sie in das zufriedene Gesicht einer Frau, die gerade auf einer Cocktails-Party genüsslich Sekt schlürfte und von Männern umringt war – kein Wunder, bei diesem Hauch von einem schwarz funkelnden Pailettenkleid von Marc Cain, das sie gerade trug.

„Wenn Sie mir einen blasen, dann schenkte ich ihnen alles, was sich gerade in ihrer Umkleidekabine befindet!"

Diese Bemerkung, geäußert von einer sehr tiefen und klangvollen Männerstimme, traf Bridget wie eine Keule. Schlagartig war sie nicht mehr auf dieser imaginierten Cocktailparty in einer schicken Innenstadt-Location, sondern wieder vor dem Spiegel einer teuren Boutique im größten Einkaufszentrum der Stadt. Das Angebot war natürlich skandalös! Bridget drehte sich abrupt und verärgert um und blickte in das Gesicht eines großen, schlanken, sehr attraktiven

Mannes. Er war Anfang 30 und trug einen Designer-Anzug – vermutlich aus dem Sortiment der Boutique. Das Namenschild auf seinem Revers verriet, dass sein Vorname Clemens und er der Geschäftsführer des Hauses war.

Bridget war mit der Situation überfordert. „Ich werde mich bei ihrem Chef beschweren!", warf sie ihrem Gegenüber an den Kopf. Ihre Hände schwitzten und sie fühlte sich unbehaglich. Clemens lächelte nur und meinte: „Ich lade Sie gerne ins ‚Verre à champagne doré' ein, da können Sie mir dann ihre Beschwerde im Detail vortragen.", meinte er ganz ruhig, mit freundlichem Lächeln.

„Vielen Dank, davon können Sie aber lange träumen!", erregte sich Bridget. Sie verschwand in der Umkleidekabine, entledigte sich des Klitzerkleidchens und schlüpfte hastig in ihre eigenen Sachen. Als sie aus der Kabine trat, stand der Geschäftsführer noch immer da. Er wirkte freundlich.

„Ich mache ihnen jetzt einen Vorschlag: Wir nehmen die Teile, die sie gerade anprobiert haben und die ihnen gefallen, mit. Wir gehen an die Kasse. Ich bezahle alles aus eigener Tasche und wir hinterlegen dann diesen Einkauf zur Abholung. Wenn Sie wollen, können Sie sich mit dem Abholschein die Sachen holen und die Angelegenheit ist erledigt. Aber vielleicht überlegen Sie es sich und Sie gehen doch mit mir auf einen Drink? Dann könnten wir ja besprechen, ob Sie mein ursprüngliches Angebot nicht doch annehmen wollen?"

„Das Angebot ihnen einen zu blasen?", fragte Bridget nach - noch immer erbost und etwas zu laut. Ein älterer Herr, der offenbar gerade auf der Suche nach einer Krawatte war, hatte sich staunend und ungläubig nach ihnen umgedreht. Clemens nickte nur und meinte: „Nehmen Sie doch einfach die Sachen und kommen mit an die Kasse. Ich verspreche ihnen, es tut nicht weh!"

Bridget war ehrlich verärgert. Dieser Kerl hatte sie in eine sehr unangenehme Situation gebracht. Sein Angebot war unerhört! Was bildete sich dieser überhebliche Kerl eigentlich ein? Glaubte er tatsächlich, dass er sich als Eigentümer dieser erfolgreichen und angesagten Boutique jungen Frauen gegenüber alles erlauben konnte? All dieser Gedanken und all dieser negativen Gefühle zum Trotz geschah im nächsten Moment etwas völlig Unerwartetes: Bridget beobachtete sich selbst dabei, wie sie die edlen Designer-Stücke aus der Umkleide nahm und den Geschäftsführer tatsächlich an die Kasse begleitete. Der erste Schritt Richtung Kasse fühlte sich falsch an. Beim nächsten Schritt fühlte sie sich etwas sicherer. Nach ein paar weiteren Schritten empfand Bridget plötzlich etwas ganz anderes: Es war eine positive Aufgeregtheit, eine prickelnde Spannung. Sollte sie sich nicht durch die ganze Situation geschmeichelt fühlen? Degradierte sie dieses sexuelle Angebot tatsächlich zu einem entmenschlichten Objekt männlicher Begierden oder war das alles vielleicht nur ein tolles Abenteuer? An der Kasse angekommen, hatte sich Bridgets Stimmung geändert: Ärger und Verblüffung waren noch da, doch sie spürte auch mehr Gelassenheit und Neugierde: Neugierde, was nun passieren würde.

Der Geschäftsführer zückte tatsächlich sein teuer wirkendes Portemonnaie und drückte der unglaublich attraktiven Dame am Schalter eine Kreditkarte in die Hand. Diese lächelte nur. Ihr wissender Blick machte den Eindruck, dass sie über das, was gerade vorgefallen war, im Bilde war.

„Ich wünsche Ihnen einen schönen Tag!", sagte die Dame am Schalter schließlich und gab Bridget tatsächlich einen Abholschein. Auch der Geschäftsführer verabschiedete sich. „Ich muss mich wieder um meine Kundinnen kümmern!", sagte er mit einem schelmischen Grinsen und einem Augenzwinkern. Bridget konnte sich angesichts dieser mehr als zweideutigen Aussage ein Lächeln nicht verkneifen. „Was für ein Spitzbub…", dachte Bridget und verließ den Laden.

Schnurstracks ging Bridget ins nächste Café und setzte sich. Sie brauchte einen Kaffee. Dann aber entschied sie sich anders und sie bestellte einen Aperol-Spritz. Alkohol am Vormittag? „Das gehört sich nicht!", hörte sie mahnend eine innere Stimme, die wie jene ihrer Mutter klang. Gerade deshalb würde sie jetzt diesen Drink bestellen. Bridget sah sich um. Sie war nicht die Einzige, die es sich gut gehen ließ. Warum also verzichten? Ihre Gedanken wanderten zu den Vorkommnissen in der Boutique. Inzwischen war der Ärger gänzlich abgeflaut. Sie überlegte. Einerseits könnte sie sich an die moralischen Vorstellungen all jeder Langweiler halten, die sie eigentlich verachtete. Dann war das Geschehen ein Skandal. Moralisch verwerflich, ein versuchter Akt sexueller Ausbeutung, ein frauenfeindlicher Ausdruck einer patriarchalischen Gesellschaftsordnung. Andererseits war diese Episode sexy, frech, über die Maße kokett. Bridget konnte nicht anders als sich geschmeichelt fühlen. Und, es war nicht zu leugnen, da war außerdem noch diese Designermode: Skinny-Jeans von True Religion um 200 Euro („Mein Arsch sieht darin einfach hinreißend aus"), das Top von Liu Jo um 70 Euro („Hauteng und gerade kurz genug, um ein wenig Haut zeigen zu können"), die Business-Kombi von Hugo Boss um lächerliche 460 Euro („Darin sehe ich aus, als ob ich gerade von der Börse an der Wallstreet käme!"), das Pailettenkleid von InWear um vergleichsweise günstige 130 Euro. Angesichts dieser Summen wurde Bridget schwindlig. Und sie hatte nicht vergessen, welche Veränderungen in ihr passiert waren, als sie die Sachen anprobierte!

Mit einem großen Schluck lehrte Bridget ihr Glas. Sie zahlte und machte sich, bevor sie es sich anders überlegen konnte, auf den Weg zurück in die Boutique. Mit wild pochendem

Herzen marschierte sie auf direktem Weg zur Kassa, zog den Abholschein hervor und reichte ihn der Dame, die sie auch vorhin bedient hatte.

„Sie haben sich richtig entschieden!", sagte diese anerkennend. Wieder war da dieser wissende Blick, dieses geheimnisvolle Lächeln. „Ich bin mir sicher, dass wir uns bald wieder sehen werden!", sagte die Dame an der Kassa noch. Bridget verabschiedete sich höflich. Nun hatte sie sehr wohl das Bedürfnis, den Laden wieder schnell zu verlassen. Ihr Appetit auf Abenteuer und ihre Energie für Selbstbeherrschung und Contenance waren für heute erschöpft.

KAPITEL 4: MÉNAGE À TROIS

Als sie in ihrem Internatszimmer angekommen war, stellte sie fest, dass sie allein war. Kein Wunder. Es war Samstag und all ihre Mitbewohnerinnen waren über das Wochenende nach Hause gefahren. Bridget hatte nicht viel Zeit. Bald würde sie ihre Schicht im Café beginnen müssen. Trotzdem holte sie noch schnell ihre Beute, das Geschenk dieses arroganten Clemens, hervor, um die Sachen nochmals anzuprobieren und sich selbst im Spiegel bewundern zu können. Als sie die Teile aus der Plastiktüte zog, fiel ihr ein Kuvert auf, dass zwischen die Jeans und das Top gelegt worden war. Außerdem war da noch etwas in der Plastiktüte, was sie gar nicht anprobiert hatte. Es war ein Ouvert-String, transparent und knapp. Dazu passend eine Büstenhebe, die gar nichts mehr verhüllte, sondern, ganz im Gegenteil, alles preis gab, was sie in Sachen Oberweite zu bieten hatte. „Oh, mein Gott!", entfuhr es Bridget, als sie sich selbst in diesen Dessous betrachtete und mehr denn je begriff, wie sexy sie sein konnte, wenn sie nur die richtigen Sachen trug!

Neugierig griff Bridget nach dem Kuvert und zog eine handschriftliche Nachricht heraus. Das Papier war seidenweich, die Schrift gepflegt und kunstvoll. „Stil hat er ja!", dachte sie.

Ich habe uns für Sonntag 18:30 im ‚Verre à champagne doré' einen Tisch reserviert. Machen sie sich hübsch, ich verspreche ihnen einen angenehmen Abend!

P.S. Die Dessous stehen Ihnen sicherlich ganz vorzüglich!

Bridget spürte, dass dieser Kerl es schaffte, sie um den Finger zu wickeln. Er hatte sie nun schon wieder zum Lachen gebracht, seine Direktheit und Frechheit waren amüsant. Bridget gefiel aber auch seine Beharrlichkeit: Er schein zu wissen, was er wollte (in letzter Konsequenz war das Oralsex!) und er machte keine Anstalten, sich von seinem Ziel abbringen zu lassen. Trotzdem blieb er stets charmant und gefasst. Das gefiel Bridget. Das gefiel ihr sogar sehr. Sie würde sich die Sache mit dem Date überlegen. Nun aber musste sie los zur Arbeit.

Sie ließ die Unterwäsche an, zog ihre neue Designerjeans und das Top von Liu Jo an und machte sich auf den Weg in Café. Noch schnell überprüfte sie ihren Look im Spiegel. Sie sah fantastisch aus. Und tatsächlich fielen an diesem Abend die Trinkgelder größer aus denn je. In Style zu investieren war offenbar eine gewinnbringende Strategie…

Als Bridget am Sonntag Abend vor dem ‚Verre à champagne doré' angekommen war, fühlte sie sich im ersten Moment ein wenig eingeschüchtert. Der Laden sah teuer und exklusiv aus. Ein Blick durch die großen Fenster offenbarte teures Interieur und Gäste, die Wert auf ein gepflegtes Äußeres legten. Eine elegante Dame saß an einem Steinway-Flügel (später erfuhr Bridget von Clemens, dass es sich um das Concert Piano Modell D im Wert von 150.000 Euro handelte!) und bearbeitete gekonnt die Tasten. Doch im Fenster sah sie auch ihr eigenes Spiegelbild und sie merkte, dass sie in ihrem Kleid von Marc Cain perfekt aussah und nicht negativ auffallen würde. Jetzt kam es darauf an, selbstsicher und gelassen in diese Nobel-Lokalität hineinzugehen und den Eindruck zu machen, dass sie dies täglich tat und dieses gehobene gesellschaftliche Niveau für sie selbstverständlich war. Also holte Bridget tief Luft, öffnete die schwere Tür und betrat die Bar.

Das Gefühl, dass sich bei Bridget in nächsten Moment einstellte, war überwältigend. Das Ambiente war so unfassbar luxuriös: Das Licht war warm und nicht zu grell, die von der Pianistin vorgetragene Jazzmusik entspannt und diskret. Die Menschen unterhielten sich angeregt, ohne laut und ordinär zu sein. Plötzlich war da ein Gefühl des Triumphs und des Stolzes: Sie hatte alles richtig gemacht, sonst würde sie jetzt nicht hier in diesem Etablissement ein Date mit einem erfolgreichen und attraktiven Geschäftsmann haben. Der Weg, den sie eingeschlagen hatte, erforderte Mut. Aber sie hatte diesen Mut in den letzten Tagen bewiesen. Sie hatte sich nicht von den Moralvorstellungen leiten lassen, die ihre Eltern, ihre Lehrer und viele ihrer Mitschüler so hochhielten. Sie hatte mehr als früher auf sich selbst gehört und da war sie nun, völlig verwandelt und verändert, in diesem Lokal, mit diesem fantastischen Kleid. Lebenslust erfasste Bridget in einer Weise, wie sie es noch nicht erlebt hatte. Sie fühlte sich vital und sinnlich. Mehr noch, sie war geradezu euphorisch und wenig überraschend stellte sich nun eine unbändige Neugierde ein. Neugierde auf das, was dieser Abend und das Leben noch zu bieten hatten.

Sie wurde von einem eleganten Kellner in Empfang genommen und während sie überlegte, was sie nun sagen sollte, meinte dieser nur: „Herzlich willkommen! Ich führe Sie an Ihren Tisch." Der Kerl war etwas steif, sowohl in der Art und Weise, wie er sich äußerte, aber auch in der Art und Weise, wie er sich bewegte. Alles an ihm war formvollendete Eleganz. Der Kellner hatte sie an einen der besten Tische geführt: situiert in einer Ecke des Raumes, mit Blick auf die historischen und nun in den Abendstunden herrlich beleuchteten Gebäude der Altstadt. Der Kellner schob einen Stuhl zurecht, Bridget nahm Platz. „Darf ich Ihnen einen Aperitif servieren?", fragte er dann.

„Ja, sehr gerne!", meinte Bridget. Ihre eigene Stimme war ihr fremd. Sie überlegte, was eine junge Dame aus gehobenen Kreisen wohl als Aperitif bestellen würde, aber der Kellner war bereits verschwunden. Gleich darauf war er wieder da uns servierte ihr ein Getränk, das aus Sekt und Granatapfelextrakt zu bestehen schien, unverschämt gut aussah und exzellent schmeckte. Bridget nippte kurz, stellte das Glas ab und atmete durch. Gerade, als sie begonnen hatte, das gerade Erlebte einzuordnen und zu entspannen, da tauchte Clemens auf. Er war aber nicht alleine. Er hatte weibliche Begleitung.

„Bridget, darf ich vorstellen: Irina"

„Es freut mich sehr, Bridget!", sagte Irina mit freundlichem Lächeln und reichte Bridget ihre fantastisch manikürte Hand. „Wir kennen uns ja schon!"

Woher wussten die beiden, wie sie hieß? Doch bevor Bridget diesem Rätsel auf die Spur kommen konnte, wurde sie von Irina und Clemens in eine mitreißende Konversation hineingezogen.

Der Abend war einfach wunderbar. Irina und Clemens waren charmant und das Essen fantastisch. „Wir dürfen dich sicher einladen?", meinte Irina freundlich. Angesichts der Preise, die hier üblich waren, war dies Bridget sehr recht. Sie erfuhr, dass die beiden verheiratet und kinderlos waren, etwas über 30 und in den letzten Jahren mit ihren Boutiquen so richtig durchgestartet waren. Angefangen hatte es mit einem kleinen Laden. Damals mussten sie an 16-Stunden Arbeitstagen alles erledigen, denn MitarbeiterInnen konnten sie sich keine leisten. Heute hatten sie zahlreiche Boutiquen, verstreut auf die wichtigsten Städte im Land.

Bridget hatte an diesem Abend das erste Mal das Gefühl, dass sich ihre Suche nach einem anderen Ich auszuzahlen begann. Sie führte mit Clemens und Irina Gespräche, für die man sich an der Schule oder in ihrer Familie nicht interessiert hätte und welche über Gossip aus den sozialen Medien weit hinausführten. Außerdem hatte sie den Eindruck, wie eine Erwachsene behandelt zu werden und nicht wie eine x-beliebige Teenagerin. Zwei Stunden vergingen wie im Fluge. Irina und Clemens hatten interessante Meinungen zu den verschiedenen Themen, die sie an diesem Abend angeschnitten hatten. Da war vieles dabei, was sich Bridget nochmals durch den Kopf gehen lassen würde.

Der Abend war vorangeschritten und Bridget hatte längst vergessen, welch unmoralisches Angebot diesem Abend vorangegangen war. Sie hatte Irina und Clemens besser kennengelernt und konnte nicht anders als das, was sich in der Boutique zugetragen hatte, völlig anders einzuordnen. Den ganzen Abend lang gab es keinerlei sexuelle Anspielungen. Deshalb kam es dann für Bridget doch überraschend, was Irina vorschlug.

„Hättest du vielleicht Lust, auch den restlichen Abend mit uns zu verbringen? Wir würden eine privatere Atmosphäre vorziehen. Was meinst du?" Irina trug diese Bitte freundlich und ruhig vor. Sie musterte Bridgets Reaktion aufmerksam. Clemens war gerade auf die Toilette gegangen, die beiden Frauen waren also alleine.

„Um ein wenig offener zu sein: Wir könnten uns doch noch ein wenig näher kennenlernen. Clemens und ich finden dich hübsch und man kann sich mit dir gut unterhalten. Könnte ja auch sein, dass wir sexuell gut miteinander auskommen.", ergänzte Irina. Beide Frauen griffen gleichzeitig zu ihrem Glas und nahmen einen Schluck. Irina, weil sie erleichtert war, dass sie dieses Angebot ausgesprochen hatte. Bridget, weil sie das Gehörte erst einmal verarbeiten musste. Lange dauerte dieser Prozess des Überlegens und Einordnens diesmal aber nicht: Sie hatte Vertrauen zu den beiden gefasst, sie hatte in den letzten Tagen viel Selbstvertrauen getankt und natürlich war da die erotische Neugierde. Wenn sie nicht jetzt begann, sexuelle Erfahrungen zu sammeln, wann dann?

„Gerne! Klingt gut!", hörte sie sich sagen. Wieder hatte Bridget kurz das Gefühl, dass sie sich selbst fremd war. Vermutlich hatte dies mit Momenten zu tun, an denen sie für sich neues Terrain erforschte. Ein wenig nervös rückte Bridget den Kerzenständer am Tisch zurecht. Clemens kam von der Toilette zurück. Er wirkte fröhlich.

„Das war heute wirklich ein netter Abend. Haben sich die Damen überlegt, wie es jetzt weitergehen soll?", fragte er aufgekratzt.

„Wir verlegen uns auf nonverbale Kommunikation, wenn es dir recht ist!", antwortete Irina. Ihre Stimme klang plötzlich sinnlich.

Clemens machte mit seinem Zeigefinger eine schnelle, kreisförmige Bewegung, sodass sein Finger kurz in die Richtung aller Anwesenden zeigte. Diese Geste stellte offenbar die Frage, ob dieses Programm für alle drei gelte.

„Sicher! Oder kommt der Herr mit zwei sexy Damen nicht zurecht?", provozierte ihn Irina und warf Bridget gleichzeitig einen verschwörerischen Blick zu. Irgendwie schien ihr Irina damit signalisieren zu wollen, dass sie nun Verbündete waren, sozusagen als Schwestern im sexuellen Geiste. Dies gab Bridget Sicherheit: Ihr Zweifel über ihre eigene Entscheidung schwanden, die Vorfreude auf ein sexuelles Abenteuer stieg.

Sie merkte, wie das Blut in ihren Schoss strömte, um ihren Körper auf den Sex vorzubereiten.

„Kann es gar nicht erwarten!", erwiderte Clemens. Er sah erwartungsvoll aus. Nein, es war mehr als Erwartung, es war Erregung.

„Wir werden viel Spaß haben!", meinte Irina und zwinkerte Bridget zu.

Irina erhob sich, Bridget tat es ihr gleich. Clemens hatte sich nach der Rückkehr an den Tisch gar nicht mehr gesetzt. Neugierig musterte Bridget Irina. Sie war eine Handbreit kleiner als Bridget. Das dunkle, glatte Haar reichte bis zu den Schultern. Irina war schlank, aber nicht mager. Und sie hatte gute Proportionen, fand Bridget. Irina war um die Hüften etwas runder als sie selbst, hatte dafür weniger Oberweite. Clemens würde in dieser Nacht ein abwechslungsreiches Menü serviert werden, ging es Bridget durch den Kopf.

Verblüffend war nur, dass weder Irina noch Clemens Anstalten machten, die Rechnung zu begleichen. Clemens, der voranging, bewegte sich auch nicht Richtung Ausgang, sondern schlug wieder den Weg Richtung Toiletten ein. Allerdings ging Clemens an den Toiletten vorbei. Er zückte einen Schlüssel und öffnete eine Tür mit der Aufschrift „PRIVAT". Das Erstaunen in Bridgets Gesicht war offenbar so deutlich, dass Irina gleich mit einer Erklärung aufwartete: „Uns gehört das ‚Verre à champagne doré' und wir haben im ersten Stock ein Appartement. Du wirst es lieben!"

Hinter der Tür lag ein Stiegenhaus, die Treppe führte nach oben. Das Appartement war tatsächlich atemberaubend. Alles war großzügig und weitläufig, das Ambiente von kühler Eleganz geprägt. Möbel und Einrichtungsgegenstände schienen mit großer Sorgfalt ausgewählt worden zu sein. Alles passte zusammen, trotzdem sah die Wohnung nicht steril wie im Einrichtungskatalog aus.

„Darf ich dir helfen?", frage Irina und half Bridget aus der Jacke. Doch damit war es nicht getan, im nächsten Moment hatte sie bereits den Reisverschluss des Pailettenkleides geöffnet und den weichen Stoff über Bridgets Schultern fallen lassen. Nun trat auch Clemens an Bridget heran. Ohne Umschweife begann er, Bridget zu küssen. Diese wusste nicht, wie ihr geschah: Sie wurde noch nie von einer Frau mit solch begehrlichen Berührungen verwöhnt. Irgendwie hatte sie bisher Sex mit Frauen nie auf dem Radar gehabt, jetzt fand sie Irinas Berührungen sehr angenehm. Clemens Küsse allerdings waren von einem ganz anderen Kaliber: Es schien, als hätten Clemens Küsse die Fähigkeit, ihr sexuelles Verlangen anzuknipsen wie man mit einem Schalter das Licht anknipste. Er hatte ihre sexuelle Saite angeschlagen und diese Saite klang nun in ihrem Körper und brachte ihre Sinne zum Schwingen. Im Nu hatte Bridget nur noch ihren String an. Ihr Körper glühte. Irina gab ihr einen Kuss auf die Schulter, dann flüsterte sie in Bridgets Richtung: „Jetzt ist unser Macho dran!"

„Arme auseinander!", forderte Irina ihren Mann auf. Bridget war über Irinas Kasernenhofton erstaunt. Noch mehr erstaunte sie, dass Clemens ihr ohne Widerspruch folgte. Irina half Clemens aus dem weißen Hemd. Bridget begann, den Gürtel der Hose zu lockern und bemerkte, dass Clemens' bestes Stück dringend mehr Freiraum benötigte.

„Zeig' uns deinen Schwanz!", gab Irina den nächsten Befehl aus. Sie hatte sich inzwischen selbst entkleidet. Zu Bridgets Überraschung trug sie keine normalen Dessous. Vielmehr steckten Irinas üppige Kurven in Lack und Leder: Ein Bustier betonte die kleinen, festen Brüste. Ihr Po steckte in schwarz glänzenden Hotpants.

Wieder gehorchte Clemens. Er entledigte sich der restlichen Kleider die er noch trug und stand nun völlig nackt vor den beiden Frauen. Bridget gefiel, dass dieser Mann einen ziemlich trainierten Eindruck machte. Sein Glied war bereits so prall, dass dunkle Adern hervortraten.

Irina schien jedoch mit dem, was sie sah, nicht zufrieden zu sein. Mit einer Hand griff sie Clemens um das erigierte Glied, mit der anderen Hand hatte sie ihn ans Kinn gegriffen und ihn dazu genötigt, ihr direkt ins Gesicht zu blicken. „Glaubst du wirklich, dass wir damit" – und es war offensichtlich, dass sie seine Erektion meinte – „zufrieden sind?" Irinas Äußerung war voller Spott und Unverständnis.

Bridget ging so vieles durch den Kopf: Was war hier los? Warum war nichts mehr von der liebevollen, von gegenseitigem Respekt getragenen Konversation zwischen den beiden zu bemerken, die sie bisher wahrgenommen hatte? Und warum schien Clemens nicht von den Demütigungen, die plötzlich über ihn hereinprasselten, getroffen zu sein? Bridget war überrascht, aber sie ahnte, dass hier ein Spiel zwischen den beiden lief.

„Müssen wir Frauen uns wirklich wieder um alles selber kümmern? Komm', gib' mir dein Ding!", meinte Irina nun. Sie kniete sich nieder und begann, ihren Mann oral zu befriedigen. Clemens stöhnte vor Lust laut auf. Bridget geilte das Schauspiel, das sich vor ihren Augen abspielte, auf. Sie fand sich aber in der Rolle der Zuschauerin wieder und sie wusste nicht, ob ihr das gefallen sollte oder nicht.

Bridget hatte gar nicht lange Zeit, sich darüber Gedanken zu machen. Irina hatte sich an sie gewandt: „Sein Schwanz ist jetzt einsatzbereit!", meinte sie. Tatsächlich war Clemens Glied durch Irinas Zungenfertigkeit noch dicker und steifer geworden. „Du kannst dich jetzt bedienen!", forderte sie Bridget lächelnd auf. Bridget bebte vor Erregung und Gier. Sie kniete sich vor Clemens und schob sich genüsslich dessen Prachtstück in den Mund. Mit Zunge und Lippen ging sie nun auf sexuelle Entdeckungsreise.

„Mach' mal langsam!", ächzte Clemens plötzlich. Bisher war außer einem lustvollen Stöhnen nichts von ihm zu hören gewesen. „Langsam!", röchelte er nochmals. „Sonst ist der Abend für mich vorbei!"

Bridget überlegte, ob sie wohl zu eifrig gewesen war? Doch Irina lobte sie: „Du bist wirklich talentiert! Normalerweise ist er nicht so schnell abschussbereit!" Clemens schleppte sich zum Bett und ließ sich rücklings hineinfallen. Irina stand inzwischen vor Bridget, ganz nahe. Sie fasste der jüngeren Frau prüfend an ihre großen Titten. „So junge und pralle Brüste ist er nicht gewöhnt!", meinte Irina. Bridget war irritiert, wie sehr sie die Berührung durch eine andere Frau erregte.

„Reite ihn und lass dir von ihm deine Brüste lecken – das gibt ihm den Rest!", forderte Irina Bridget nun auf.

„Und was ist mir dir?", fragte Bridget, etwas verunsichert.

„Du bist unser Gast!", meine Irina aufmunternd. „Ich sehe euch zu und mache es mir selber, wenn du damit kein Problem hast!", wurde Bridget über den weiteren Verlauf der Nacht aufgeklärt.

Bridget wandte sich also Clemens zu. Dieser hatte begierig auf die junge Frau gewartet. Bridget setzte sich auf Clemens Schoss und ließ sein mächtiges Glied in ihre Spalte gleiten. Pure Lust durchströmte Bridget als sie begann, rhythmisch Clemens' Schwanz zu reiten und so ihre eigenen Lustzentren zu stimulieren.

Irina hatte es sich in der Zwischenzeit in einem gemütlichen Ohrensessel bequem gemacht. Trotz ihrer eigenen Erregung konnte Bridget wahrnehmen, dass Irina ihre Beine gespreizt hatte und sich mit einem metallisch glänzenden Vibrator verwöhnte. Dabei ließ sie Clemens und Bridget nicht aus den Augen.

Das alles war so neu für Bridget, aber gleichzeitig auch so irre und unfassbar geil! Sie erinnerte sich an Irinas Worte und bot Clemens nun ihre Brüste an. Begierig küsste und leckte er ihre Nippel, er biss sogar zärtlich in ihre linke Brustwarze und fasste mit einer Hand nach der anderen Brust, als würde er das Gewicht ihres Busens prüfen. Im gleichen Moment entlud sich Clemens' ausgestauter Liebessaft in einem funkensprühenden Orgasmus. Irina hatte masturbierend ihren Höhepunkt fast gleichzeitig erlebt. Bridget hingegen hätte noch ein wenig mehr männliche Standhaftigkeit benötigt. Clemens erwies sich aber als Gentlemen und zeigte das erste und einzige Mal an diesem Abend sexuelle Eigeninitiative: Er legte sich zwischen Bridgets Beine und schob ihr seine Finger in die triefend feuchte Vagina. Dann begann er, ihre Klitoris oral zu stimulieren. Es dauerte nicht lange und Bridget erlebte das befreiende Gefühl, dass sich einstellt, wenn sich sexuelle Lust in einem Orgasmus entlädt.

KAPITEL 5: SEX ALL-INCLUSIVE

Nach dem Abschluss der Tourismusschule war für Bridget klar, dass sie an die Uni gehen würde. Ebenso klar war ihr, dass sie ihre beruflichen Ziele nicht in der Tourismusbranche sah. Nutzen wollte sie aber ihre gute Ausbildung zur Finanzierung des Studiums. Von zu Hause war keine Unterstützung zu erwarten: „Wieso noch auf die Universität gehen, wenn man ausreichend Ausbildung vorweisen konnte, um in das Arbeitsleben einsteigen zu können? Noch dazu als Frau?", hatte ihr Vater gemeint.

Bridget war das inzwischen egal. Sie hatte sich emotional weit von zu Hause entfernt. Milde finanzielle Gaben hätten zwar ein sorgenfreies Studium ermöglicht, aber auch zu vielen Abhängigkeiten geführt. Das war nichts mehr für sie.

Darum wurde neben dem Studium gearbeitet. Während der Semester arbeitete sie im ‚Verre à champagne doré', in den Ferienzeiten heuerte sie bei Hotels an. Die Hotelbetriebe hatten im Sommer natürlich Hochsaison und Personalbedarf und jemand wie Bridget, gut ausgebildet, mehrsprachig, hübsch und fleißig, wurde mit Handkuss genommen.

Saisonarbeit im Tourismus war hart: Es gab viele Stunden und die Arbeit war anstrengend. Egal, ob Bridget an der Rezeption saß, im Restaurant und in der Bar half oder die

Damen vom Zimmerservice unterstützen musste – Leerzeiten gab es wenig.

Alles andere als mager fielen die Erfahrungen aus, die man in so einem Hotel machen konnte, wenn man hinter die Kulissen blickte: Im Urlaub spielten sich zwischen Paaren und Familienmitgliedern oft Dramen ab. Bridget wurde Zeuge von Liebe, Eifersucht, Ehebruch, Entfremdung, Zuneigung und Mitgefühl. Sogar Geburt und Tod kamen in Hotels vor. Und Sex sowieso, und zwar in allen Spielarten.

Da Bridget in den Sommermonaten weniger mit Irina und Clemens unterwegs war und damit die für Bridget so erfahrungsreiche ménage à trois ein wenig auf Eis lag, erweiterte sie ihren sexuellen Erfahrungsschatz eben im Hotel: Gelegenheiten boten sich am laufenden Band.

Da waren junge Paare ohne Kinder, die auf ein Kuschelwochenende ins Hotel kamen – oft nur für ein Wochenende. Die Männer machten stets den Augenschein, nur Blicke für ihre Partnerinnen zu haben. Trotzdem spürte Bridget die begehrlichen Blicke dieser Männer, wenn sie in engem, schwarzen Bleistiftrock und klassischer weißer Bluse das Abendessen servierte. Bridget achtete darauf, dass ihr Ausschnitt tief genug war, um neugierige Einblicke zu ermöglichen, wenn sie sich über den Tisch beugte, um das Geschirr des ersten Ganges mitzunehmen. Die Männer liebten sie. Manche Frauen wünschten Bridget hingegen zum Teufel, wenn sie so kokett und flirtend ihre Arbeit verrichtete. Die liebevollen Partner spendierten dann ihren besseren Hälften eine Stunde bei der Massage, der Mani- oder Pediküre. Bridget achtete darauf, dass genau in dieser Zeit eine zufällige Begegnung mit den Herren passierte - im Flur oder im Aufzug des Hotels. Dann reichten zwei, drei Blicke, ein Lächeln, ein einladend-anzügliche Bemerkung und schon hatte sie einen Herren auf ihrem Zimmer. Diese kleinen sexuellen Eskapaden versüßten ihren Arbeitstag, auch wenn sich viele Männer als eher durchschnittliche Liebhaber entpuppten.

Die eine oder andere erotische Begebenheit in diesen Sommermonaten blieben Bridget aber für immer in Erinnerung. Da war zum Beispiel diese Fußballmannschaft, die im Hotel, in dem sie arbeitete, ihre sommerliche Trainingswoche verbrachte. Das Team war zwar nicht erstklassig, aber sehr wohl im professionellen Bereich unterwegs. Auf jeden Fall reichte es für ein Trainingslager in einem Sporthotel der gehobenen Mittelklasse.

Schon als die Spieler aus dem Mannschaftsbus traten, lief Bridget das Wasser im Mund zusammen. Das waren alles durchtrainierte, sportliche Männer. Die meisten waren 1,80 und größer. Sie waren durch die Bank körperbewusst und achteten sehr auf ihr Äußeres. Sie waren ohne ihre Frauen und Partnerinnen – falls vorhanden – unterwegs und der eine oder andere würde sicher ein Ventil für überschüssige und aufgestaute sexuelle Energie benötigen. Für eine junge Frau mit zunehmend nymphomanischem Appetit war der Tisch reichlich mit vielversprechenden Leckerbissen gedeckt.

Die jungen Sportler brauchten nicht lange, um die junge Hotelangestellte mit der erstklassigen Figur, dem bezaubernden Lächeln und den neugierigen Blicken zu bemerken. Bridget wusste inzwischen schon längst, wie sie die Aufmerksamkeit von Männern auf sich ziehen konnte. Sie hatte sich ein ansehnliches Repertoire an erotischen Tools angeeignet und jetzt war eine gute Gelegenheit, ihre Anziehungskraft auf Männer einer weiteren Probe zu unterziehen.

Die Woche, in denen die Fußballer zu Gast im Hause waren, war für Bridget arbeitsreich, aber – wie sich schnell herausstellte – auch mehr als lustvoll. Das Team hatte vormittags eine Trainingseinheit. In der heißen Mittagszeit und am frühen Nachmittag stand Regeneration auf dem Programm und am Abend, wenn es kühler wurde, fand eine zweite Trainingseinheit statt. Nach der zweiten Übungseinheit waren die Spieler völlig ausgepowert und geschlaucht. Die Mittags- und frühen Nachmittagsstunden hatten es aber in sich: Meist lagen da einige Kicker, nur mit Badeshorts bekleidet, am Pool. Getrunken wurden leichte Fruchtsäfte oder ungezuckerte Tees. Eifrig nahm Bridget die Bestellung der muskelbepackten Halbgötter auf. Die Herren bemühten sich alle, charmant und witzig zu sein und Bridget in Gespräche zu verwickeln. Bridget ließ sich natürlich gerne auf die sportlichen Kavaliere ein und versuchte ihrerseits, ihre Vorzüge zur Geltung zu bringen.

Als ersten gönnte sich Bridget einen Innenverteidiger. Er war sehr kopfballstark, sagte man. Bridget interessierte sich natürlich nicht für die Kopfballstärke, sondern für ganz andere Leistungsdaten. Tatsächlich hatte der dunkelhaarige Jens nicht nur Sprungkraft, sondern auch Standhaftigkeit zu bieten. Irritierend fand Bridget aber den ausgeprägten Fußfetisch ihres Bettgespielen: Nach dem Küssen und Fummeln und Zufassen und Streicheln und Ausziehen landeten die beiden im Bett und dort musterte Jens plötzlich ausgiebig Bridgets Füße.

„Darf ich dir die Fußnägel lackieren?", fragte er und wurde dabei rot im Gesicht. Bridget meinte, sich verhört zu haben. Da kam ihr aber zu Gute, dass sie längst verstanden hatte, dass es in Sachen Sex die unglaublichsten Vorlieben gab. Ein Fußfetisch war zwar für Bridget nicht wirklich nachvollziehbar, aber sie beschloss sofort, die Sache durchzuziehen. Sie legte sich also gemütlich ins Bett und beobachte mit wachsender Faszination, mit welchem Geschick und welcher Geduld dieser Mann mit seinen großen Händen ihre Fußnägel lackierte. Besonders verblüfft war Bridget über die gewaltige Erektion, die sich während der Lackier-Prozedur bei Jens einstellte. Während die Nägel trockneten gönnten sich die beiden klassischen Sex in der Missionarsstellung.

Am nächsten Tag war der Ersatztorhüter an der Reihe. Auch dessen Sixpack war sehens- und fühlenswert. Sein Rasierwasser war nicht exakt Bridgets Geschmack. Umso interessanter fand Bridget aber die starken und erstaunlich sorgfältig gepflegten Hände des Mannes. Eigentlich war er als Keeper ja Experte für große Bälle, für Bridgets große Brüste zeigte er überraschender Weise wenig Interesse. Er nützte seine muskulösen Arme und Hände lieber für eine extra Krafteinheit: Er fasste Bridget mit erstaunlicher Leichtigkeit unter Oberschenkel und Po, hob sie auf seine Hüfte und schob sie gegen die Wand. Bridget schlang ihre Arme um seinen Hals, während er sie hingebungsvoll im Stehen fickte.

Ein ganz besonderer Fall war der defensive Mittelfeldspieler. Er war ein wenig kleiner als seine Teamkollegen, die bisher mit Bridget das Vergnügen gehabt hatten. Auch das Dunkelblond seiner Haare war nicht unbedingt Bridgets größte Vorliebe. Nachdem die beiden während des Mittagessens ihr erotisches Tete-a-Tete angebahnt hatten, betrat er wenig später samt Trainingsrucksack Bridgets Zimmer. Bridget hatte sich wie immer zurechtgemacht: Sex musste immer gefeiert werden, auch wenn es sich um Gelegenheitssex zwischendurch handelte. Als Thorsten den Inhalt seines Rucksacks auspackte und feinsäuberlich am Tisch ausgebreitet hatte, wusste Bridget, dass dieser Typ ein besonderer Fall und das bevorstehende sexuelle Abenteuer nicht alltäglich sein würde: Insgesamt acht Vibratoren und Dildos lagen auf dem Tisch. Außerdem lag da ein Bogen Papier, der verdächtig nach Fragebogen aussah.

Thorsten grinste Bridget an und fragte, ohne im Geringsten verlegen zu sein, ob sie Interesse daran hätte, an einer Studie teilzunehmen.

Einen Augenblick lang überlegte Bridget, ob sie die Situation unmöglich oder lustig finden sollte. Sie entschied sich dafür, dass die Situation zwar schräg war, aber enormes Potential hatte, witzig zu werden.

„Was für eine Studie?", fragte Bridget, noch ein wenig zurückhaltend.

„Naja, meine ganz private Studie", begann Thorsten. „Ich versuche, aus diesen Sextoys das beste rauszufiltern! Ich stehe auf Sex, aber auch auf Zahlen und Statistiken." Thorsten schaute erwartungsvoll. Bridget zog unwillkürlich ihre Augenbrauen hoch.

„Und weiter?", bohrte sie nach. Die bisherigen Ausführungen hatten sie nicht ausreichend ins Bild gesetzt.

„Es ist ganz einfach. Du testest das Sexspielzeug und benotest es. Bewertet werden Farbe, Größe, Stimulationskraft, Geräuschentwicklung, Haptik und Verarbeitung, Ich arbeite mit einer sechsteiligen Skala."

Sechsteilige Skala? Der Kerl hatte Sinn für Humor, dachte Bridget. „Und was machst du, während ich teste?", wollte Bridget nun wissen. „Gehst du inzwischen auf einen Kaffee?"

Thorsten fand diesen Vorschlag ungemein witzig und lachte. Erstaunlich, wie kräftig die gut ausgebildete Oberkörpermuskulatur des Sportlers durch das Lachen unter Spannung gesetzt wurde. Dieses Schauspiel band für einen kurzen Moment Bridgets Aufmerksamkeit.

„Nein, natürlich nicht. Ich sehe dir zu, was sonst?"

„Wenn ich jetzt zustimme – die wievielte Testperson in deiner Studie wäre ich?", wollte Bridget wissen. Sie war neugierig, wie erfolgreich Thorsten mit seinem seltsamen Spleen war.

„Du wärst die 13. Probandin! 13 ist meine Glückszahl!",
antwortete Thorsten fast euphorisch.

„Unglaublich!", murmelte Bridget kaum hörbar.

So kam es, dass sich Bridget an diesem Nachmittag mit acht
Dildos und Vibratoren vergnügte und dabei von einem
muskulösen Mann beobachtete wurde. Während Bridget
versuchte, ein Mindestmaß an sexueller Stimmung zu
entwickeln, masturbierte Thorsten genüsslich vor sich hin.
Thorsten ejakulierte, während Bridget gerade mit einem
absurd laut brummenden Geräts zugange war, das den
Anspruch hatte, Klitoris und Vagina gleichzeitig zu
stimulieren.

Als Thorsten Bridget verließ, hatte er sie kein einziges Mal
berührt. Und auch der Fragebogen war leer geblieben. Dieser
Nachmittag blieb Bridget trotzdem lange im Gedächtnis. Was
es nicht alles gab...

Sexuell erfüllender waren die Nachmittage mit dem
Physiotherapeuten und dem rechten Stürmer. Der Sex mit den
beiden war vergleichsweise konventionell. Der Physio hatte,
wie zu erwarten war, geschickte und unglaublich einfühlsame
Hände. Der Stürmer wiederum nutzte seine Athletik, um mit
Bridget die halsbrecherischsten Stellungen auszuprobieren.

KAPITEL 6: STRIPTEASE

Noch am Abend ihrer Rückkehr aus dem Sommer traf sich Bridget mit Irina. Zwischen den beiden Frauen hatte sich ein freundschaftliches Verhältnis entwickelt. Der Altersunterschied spielte keine Rolle. Im Gegenteil, Bridget genoss die gemeinsame Zeit mit einer Frau, die mehr Lebenserfahrung hatte als sie, aber nicht einer völlig anderen Generation angehörte. Auch war es nicht so, dass es immer nur um Sex mit Clemens ging, wenn sie mit Irina Zeit verbrachte. Manchmal plauderten sie wie Freundinnen miteinander, manchmal half Irina der jüngeren Frau durch die Irrungen und Wirrungen, die das junge Erwachsenenalter eben so mit sich brachte. Dann fühlten sich die Gespräche an, als hätte es Bridget mit einer älteren Schwester zu tun.

Irina wiederum fühlte sich auch sehr wohl in Bridgets Gegenwart. Sie war jung und clever, aufgeschlossen und neugierig. Sie war aber auch ambitioniert und lebenshungrig. All diese Charakterzüge sprachen Irina an. Was sie an Bridget aber am meisten faszinierte war die Rasanz, mit der sie sich entwickelte: Sie saugte alles auf, was ihr Umfeld zu bieten hatte. Irina machte es Spaß, Bridget dabei zu fördern und zu unterstützen. Bridgets Begeisterung half ihr dabei das, was das Leben zu bieten hatte, wieder selbst mehr genießen zu können.

Irina zeigte Bridget ihr Lieblingsmuseum, das Haus der modernen Kunst. Sie erzählte Bridget augenzwinkernd, dass sie kurz nach ihrem Schulabschluss bei einer Vernissage ihren ehemaligen Englisch-Lehrer getroffen und später an diesem Abend Sex mit ihm hatte. Irina lachte, wenn sie daran zurückdachte. „Er war als Liebhaber genauso lausig wie als Lehrer!", meinte sie nur.

Auch nahm Irina Bridget in einen Jazz-Club mit. Moderne Kunst und Jazz – niemals hätte Bridget diese beiden kulturellen Nischen für sich entdeckt, wenn Irina sie nicht behutsam in diese Welt eingeführt hätte. In diesem Jazzclub lernte Bridget auch Nate kennen, ihren späteren Mann. Er spielte einmal in der Woche mit seinem Trio in diesem Jazzlokal, um sein Musiker-Einkommen aufzubessern.

Außergewöhnlich war natürlich die sexuelle Komponente in Bridgets Freundschaft zu Irina. Bridget hätte sich niemals vorstellen können, dass sie sich einem solchen Beziehungsdreieck zurechtfinden würde. Die Dreier-Begegnungen mit Clemens und Irina lehrten ihr allerdings, dass sie in der Lage war, eine erfüllte sexuelle Beziehung mit Menschen zu führen, die sie mochte, für die sie aber keine romantischen Gefühlte hegte.

Clemens und Irina halfen Bridget durch ihre Universitätszeit: Bridget arbeitete im ‚Verre à champagne doré', um ihr Studium zu finanzieren. An Samstagen half sie Irina in der Boutique. Die langen, arbeitsreichen Einkaufssamstage in der Boutique und an der Seite ihrer Freundin vergingen immer wie im Fluge. Beide Tätigkeiten wurden deutlich über dem entlohnt, was Studentinnen normalerweise für derartige Arbeiten erwarten konnten. Außerdem sparte sich Bridget das Geld für das Studentenheim, da sie eine 1-Zimmer-Wohnung nutzen konnte, die Irinas Mutter gehörte, von der aber selbst nicht genutzt und auch nicht vermietet wurde. Die Wohnung war alt und auch in einem Stadtteil, der nicht zu den besten in der Stadt zählte. Trotzdem war Bridget dankbar, sie sparte sich durch diese Großzügigkeit viel Geld. Dazu kam, dass es auch kein Problem war, wenn sie sich mal Irinas Auto ausleihen wollte. Das war zwar selten der Fall, praktisch war es trotzdem.

Irina war es auch, die Bridget alles beibrachte, was Luxus und exquisiten Geschmack anbelangte. Irina selbst war hoffnungslos anfällig für die feinsten und edelsten Produkte, die die Welt des Konsums für genusssüchtige Frauen wie sie bereitstellte. Irina war völlig aus dem Häuschen als sie erkannte, wie leicht sich Bridget mit dem Virus der Dekadenz anstecken ließ: Von nun an hatte sie eine Seelenverwandte, was diese Dinge betraf.

Mit Irina erlebte Bridget eines der verrücktesten Wochenenden: Clemens hatte die beiden an einem Sonntagabend nach einer sexuell herzhaften Dreier-Begegnung mit einem Freundinnen-Wochenendtrip nach Amsterdam überrascht. Flug und Hotel waren gebucht, die beiden Frauen mussten nur noch die Koffer packen und losfahren.

Gesagt, getan. Irina erklärte Bridge sofort und unmissverständlich, dass ihr nicht nach Sightseeing, Museums- oder Musicalbesuchen zu Mute war: Sie wollte shoppen, zwei wilde Nächte erleben und vormittags lange ausschlafen. Bridget hatte kein Problem mit dem Programmvorschlag ihrer Freundin. Entsprechend wurden die Koffer gepackt: Viel Party-Outfit, zu viele Schuhe und das volle Beauty- und Kosmetik-Paket.

Ausgelassen waren die beiden in Amsterdam gelandet. Schnell wurde das Hotel bezogen, dann ging es in die Stadt. Bald waren die ersten Boutiquen frequentiert worden und ebenso bald war die erste Pause mit Latte Macchiatos fällig. Zufrieden stellten die beiden Frauen ihre Einkaufstaschen auf einen leeren Stuhl und nahmen an dem kleinen Tischchen Platz, das im Freien vor dem Lokal stand und einen direkten Blick auf die Keizersgracht bot.

Als Irina schnell im Lokal verschwand, um auf die Toilette zu gehen und mit zwei Joints zurückkam, nahm das Wochenende so richtig Fahrt auf. Wie sich später herausstellte, hatte sich Irina vorausschauender Weise einen kleinen Drogenvorrat besorgt. Damit war sichergestellt, dass es nicht langweilig wurde.

So kam es, dass Irina und Bridget schon am Freitag, ihrem Anreisetag, ziemlich alberne Stunden verbrachten. Der Abend war dann braver, als die beiden Frauen sich vorgenommen hatten. Es war Freitag, Arbeit und Universität hatten in der abgelaufenen Woche ebenso Tribut gefordert wie die lange Anreise. Nach einem leckeren Abendessen kehrten die beiden ins Hotel zurück, um sich für den Samstag auszuschlafen.

Tatsächlich krochen Bridget und Irina erst gegen zehn Uhr aus den Federn. Nach dem Frühstück im Hotel ging es ans Styling für den Tag in der Stadt.

Irina verleitete Bridget dazu, bei Frisur, Make-Up und Mode alle Register zu ziehen. Irina machte es ihr vor und als die beiden Schönheiten um Punkt 12 Uhr durch die Lobby des Hotels stolzierten und das Klackern der Absätze durch die ganze Halle schallte, zog ein eleganter, älterer Herr, der gerade durch die Drehtür am Eingang gekommen war, vor Respekt den Hut und machte eine galante Verneigung. Die Damen kicherten und winkten dem Senior zu – Irina schickte ihm sogar ein Luftküsschen.

Die hohen Schuhe mochten zwar sensationelle Beine machen, für eine Shoppingtour waren sie nur bedingt geeignet. Zuerst waren es Kaffeepausen, die den strapazierten

Füßen eine Pause erlauben sollten, am späteren Nachmittag stiegen Bridget und Irina auf Cocktails und Longdrinks um. Da auch Irina den einen oder anderen Joint aus ihrer Tasche zauberte, waren die beiden schon vor Einbruch der Dunkelheit voll im Partymodus.

Nach einer Verschnaufpause im Hotel und einem Auffrischen des Looks starteten Bridget und Irina in die Nacht. Irina hatte sich längst informiert, wo die angesagtesten Locations zu finden waren. Es wurde getanzt und gelacht, getrunken und geflirtet, was das Zeugs hielt. Bridget bewunderte Irina: Ihre Freundin war keine Frau, die halbe Sachen machte. Als Irina einmal in der tanzenden Menge des Nachtclubs für zehn Minuten verschwunden war und nach ihrer Rückkehr nur meinte, dass sie sich eben schnell mal einen vaginalen Snack gegönnt habe, überraschte das Bridget schon gar nicht mehr.

Die Stunden vergingen wie im Fluge und der Plan mit der rauschenden Partynacht war in vollem Umfange erfolgreich gewesen. Um drei Uhr am Morgen stellte sich bei Bridget eine gewisse Erschöpfung ein. Irina schien noch voller Tatendrang zu sein, darum nahm sich Bridget vor, noch ein wenig durchzuhalten.

Als die beiden kurze Zeit später das Nachtlokal verließen, ging Bridget davon aus, dass es nun endlich ins Hotel gehen würde. Doch Irina zog Bridget kurzerhand in das nächstbeste Lokal – ohne zu schauen, was hier überhaupt geboten war.

Wie sich herausstellte, handelte es sich um ein sehr bizarres Etablissement. Hier sah es aus wie in einem Kabarett. Es gab eine Bühne mit Scheinwerferlicht, im Zuschauerraum standen Tischchen mit zwei bis drei Stühlen. An der Seite gab es eine gut ausgestattete Bar, an der Rückseite war die Technik für Licht und Ton untergebracht. Alles sah seriös und elegant aus, auch das Personal. Es waren zwar nicht alle Zuschauerplätze belegt, aber für diese Tageszeit war es erstaunlich voll. Die Stimmung war ausgelassen und heiter. Grund dafür war das Programm, das geboten wurde.

Bald stellte sich heraus, dass Bridget und Irina in eine Art Laientheater geraten waren. Jeder, der wollte, konnte sich melden und dann maximal 15 Minuten Bühnenzeit reservieren. Die Summe, die dafür zu zahlen war, war überschaubar. Zum Vorschein kamen dann die seltsamsten Talente. Natürlich gab es Karaoke-Sängerinnen und Sänger. Es wurde jongliert. Es wurden Witze erzählt. Manchmal zeigten die Hobbytalente erstaunliche Begabung bei dem, was sie taten. Andere wiederum waren lustig, weil ihre Begabung eben nicht für die Bühne reichte. Amüsant war das vor allem dann, wenn diese Leute es vertrugen, dass über sie gelacht wurde. Meist wurden sie dann mit besonders stürmischem Applaus belohnt. Manchmal war das Gezeigte aber auch armselig, peinlich oder auch traurig. Man wusste eben nicht, was man geboten bekam. Das machte den Reiz der Sache aus.

„Wo sind wir denn hier gelandet?", fragte sie Bridget. Sie wusste nicht recht, was sie von der Szenerie halten sollte. Wäre sie alleine oder mit jemandem anderen hier hereingestolpert, wäre sie glatt umgekehrt.

„Lass uns nur kurz bleiben. Das wird sicher witzig!", meinte hingegen Irina und zog Bridget weiter.

Die beiden fanden tatsächlich einen Tisch nahe der Bühne. Bridget bestellte ein Mineralwasser, Irina war noch nach Feiern zu Mute und bestellte einen Campari Orange. Bald verschwand sie und wieder gab sie vor, nur auf die Toilette zu gehen. Als sie zurückkam vernahm Bridget Worte, die sie nicht glauben konnte:

„Ich habe uns einen Auftritt reserviert. Wir machen einen Striptease. Du bist doch sicher dabei – du wirst sehen, es wird lustig!", meinte ihre Freundin. Erst jetzt merkte Bridget, dass Irina mehr als nur einen zu viel gehabt hatte.

Bridget fiel aus allen Wolken. „Dir geht es wohl nicht ganz gut!", platzte es aus ihr heraus. „Nie im Leben!" Irinas Blick verriet ihr aber, dass sie sich nicht umstimmen lassen würde.

„Komm' schon! Das wird ein Spaß! Wir tanzen ein wenig, wir machen uns gegenseitig ein bisschen an, flirten mit den Leuten und fertig. Bis zur Unterwäsche, also wirklich harmlos. Hier kennt uns keiner, es ist vier am Morgen. Das wird eine gute Erfahrung! Deine Dance-Moves reichen völlig, den Rest erledige ich – vertrau' mir!"

Bridget seufzte. Irina hatte sie am Köder. Bridget wusste zu genau, dass oft jene Erfahrungen die wertvollsten waren, bei denen man über den eigenen Schatten springen musste. Das wahre Leben fand eben außerhalb der Komfortzone statt.

„Shit! Ich bin dabei!", ergab sich Bridget in ihr Schicksal. „Ich geh' jetzt an die Bar und gib mir zwei Shots. Sonst schaffe ich das nicht!"

Irina grinste. „Mach' das. Aber verdrück' dich nicht!"

Wenn später fanden sich Bridget und Irina hinter der Bühne wieder. Dort erwartete sie ein Mann Anfang 40. Er wirkte trotz der extrem späten Stunde sehr fokussiert und munter. In gutem Englisch erklärte er, wie die nächste Viertelstunde ablaufen würde:

„Erstens: Bleibt locker! Hier herinnen ist Handyverbot, wie ihr schon bemerkt habt. Das Publikum heute ist sehr diszipliniert diesbezüglich. Alles, was hier geschieht, bleibt auch hier. Zweitens: Macht euch darauf gefasst, dass das Scheinwerferlicht extrem hell ist. Die Lampen geben enorm viel Wärme ab und überdies werdet ihr das Gefühl haben, völlig geblendet zu sein. Ihr werdet das Publikum kaum sehen können und passt mir bloß auf die Bühnenkante auf! Dort haben wir zwar einen hellen LED-Streifen montiert, aber uns fällt trotzdem regelmäßig jemand von der Bühne! Drittens: Keine politischen und vor allem menschenfeindliche Statements. Ist das klar? Viertens. Eine Viertelstunde. Keine Sekunde länger! Sonst noch Fragen?"

Der Typ wirkte wirklich professionell, dachte Bridget amüsiert. Das stand in argem Kontrast zur Amateurhaftigkeit, die jetzt von ihr und Irina auf der Bühne zu erwarten war.

Irina merkte Bridgets Nervosität. „Coole Dance-Moves, hörst du?", bläute sie ihrer Freundin ein. Nun tat ihr Bridget ein wenig leid – sie sah blass und gestresst aus.

Im nächsten Moment ging es auf die Bühne. Das Licht schimmerte in Rot-, Violett- und Lila-Tönen und zauberte ein verruchtes Ambiente auf die Bühne. Das Publikum applaudierte freundlich. Lässige Beats in moderatem Tempo schallten aus den Lautsprechern. Die Crew hier verstand ihren Job.

Bridget schloss die Augen und versuchte, nur auf die Musik zu achten. Irina hatte gemeint, sie würde sich um den Rest kümmern. Nun musste ihre Freundin ihr Versprechen einhalten, sie selbst fühlte sich in dieser delikaten Situation völlig überfordert.

Im nächsten Moment spürte Bridget, wie sich Irina von hinten anschmiegte. Sie strich mit beiden Händen an ihren Oberschenkeln entlang nach oben und fasste ihr dann an die Hüften. Irina küsste Bridget in den Nacken und flüsterte ihr ins Ohr: „Lass die Augen zu. Höre auf die Beats! Beweg deine Hüften!" Knabberte Irina wirklich an ihrem Ohr? Im nächsten Moment hatte Irina wieder von Bridget abgelassen. Ein Jubel brauste auf. Bridget staunte. Das Publikum jubelte? Spannung fiel von ihr ab und sie hatte das Gefühl, sich nun ungezwungener bewegen zu können. Sie traute sich aber noch immer nicht, ihre Augen zu öffnen. Es dauerte nicht lange, da stand Irina vor ihr. Diese schlang ihre Arme in einer ausladenden Bewegung um Bridgets Hals. Bridget fasste Irina reflexartig an den Hüften. Da merkte sie, dass Irina sich schon ihres Oberteils entledigt hatte – das war vermutlich der Grund für den Jubel von vorhin. Irina war ganz nah und Bridget konnte ihre Nasenspitze auf der ihren spüren.

„Zieh' dir jetzt das Top aus!", flüsterte Irina neue Anweisungen. Für das Publikum wirkte es, als würde Irina der anderen Frau freche Obszönitäten ins Ohr hauchen. Bridget schlug das Herz bis zum Hals, als sie mit überkreuzten Armen nach dem Saum ihres Oberteils griff. Genau in dem Moment, in dem sie begann, sich das Teil über den Kopf zu ziehen, griff ihr Irina herzhaft unter den Rock und auf ihren Po. Wieder hörte sie das Publikum. „Zeigt es ihnen, Mädels!", hörte sie eine Frauenstimme anerkennend rufen.

Irina war wirklich geschickt, schoss es Bridget durch den Kopf. Der Griff an ihren Arsch lenkte das Publikum ab. Es wäre nicht sonderlich aufgefallen, wenn ihre eigene Entkleidungs-Aktion nicht besonders elegant über die Bühne gegangen wäre. Bridget stellte aber zu ihrer eigenen Verblüffung fest, dass sie sich ihres Oberteils mit einer erstaunlich flüssigen Bewegung entledigt hatte. Nun stand sie im BH da. Wenigstens war es ein hübscher, fast neuer Spitzen-BH. Bridget wusste, dass ihre Brüste darin äußerst lecker aussahen.

Wieder schmiegte sich Irina eng an Bridget. Irina führte Bridget wie bei einem Walzer, hatte aber beide Hände auf ihrem Po. Bevor es Bridget richtig registrierte, hatte Irina den Reißverschluss ihres kurzen Pailetten-Minirocks nach unten gezogen. Es waren nur mehr zwei, drei kreisende Hüftbewegungen und schon stand Bridget im String da.

„Du machst das fantastisch!", schrie ihr Irina ins Ohr. Der Jubel der Leute im Zuschauerraum war so groß, dass Flüstern nun nicht mehr gereicht hatte.

Bridgets Stimmung änderte sich nun schlagartig und grundlegend. Die Nervosität und die Anspannung waren verflogen und sie merkte, dass sie ihren Bühnentanz mit Irina genoss: Sie fühlte sich sexy und begehrenswert. Sie liebte die Gäste für ihre warmherzige, ja begeisterte Reaktion. Nun traute sie sich auch, die Augen zu öffnen.

Sie schaute Irina direkt in die Augen. Bridget hatte gar nicht gemerkt, dass sie erneut von ihrer Freundin tanzend umrundet worden war und sie nun wieder vor ihr stand. Irinas Augen leuchteten, sie lachte. So, als ob sie sagen würde „Ich habe es dir doch gesagt!" Tatsächlich sagte sie aber: „Nur noch eine Minute!"

War ihr Auftritt tatsächlich schon vorbei? Die Zeit war wie im Fluge vergangen. Es war Zeit für Bridget, sich selber gerecht zu werden und sich treu zu bleiben. Irina hatte sie bis hierhin an der Hand genommen und sie hatte sich von ihrer erfahreneren Freundin führen lassen. Nun war es an ihr, die Initiative an sich zu reißen. Passiv zu sein, das war einmal. Kurz entschlossen griff Bridget ihrer Freundin an den Verschluss ihres BHs. Im Nu war der Verschluss geöffnet. Irinas Augen funkelten. Dann tat sie es ihrer Freundin gleich. Die letzten 30 Sekunden würde eben ohne BH getanzt werden. Niemand im Raum würde sich daran stören.

Voller neuer Erfahrungen und Eindrücke ging es am nächsten Tag zurück nach Hause. Bald stand wieder der Alltag auf dem Programm, es ging zurück zum Studium.

KAPITEL 7:
ALLER ANFANG IST SCHWER!

Nach wenigen Semestern an der Universität wurde Bridget klar, dass die Universität nur eine kurze Phase in ihren Leben werden würde: Hier gab es viele interessante Dinge zu hören, das meiste davon war aber nicht gerade lebensnahe. Ihr Fokus lag auf der Anwendungsorientierung – Bridget legte ihre Aufmerksamkeit vor allem auf privatwirtschaftlich nutzbares Wissen.

Außerdem bekam Bridget auf der Universität einen Vorgeschmack davon, was es hieß, als Frau im männerdominierten EDV- und IT-Bereich Fuß fassen zu wollen: Viele Professoren und auch einige Mitstudierende betrachteten sie argwöhnisch. Ihr Ehrgeiz, das selbstbewusste Auftreten und ihr Fleiß machten mehr als deutlich, wohin Bridget wollte: An die Spitze. Es war erstaunlich, wie viele Typen hier damit ein Problem zu haben schienen.

Wenn Professoren schwierige Problemstellungen zur Diskussion brachten, war Bridget oft die erste, die eine praktikable Antwort parat hatte. In der Regel mussten die Professoren die Korrektheit ihrer Vorschläge bestätigen und oftmals beschlich Bridget das Gefühl, dass sie dies nur mit Zähneknirschen machten. So manchem alteingesessenen

Universitätslehrer wäre es lieber gewesen, ein männlicher Student hätte die Lorbeeren eingeheimst.

Auch an den allermeisten männlichen Studienkollegen verlor Bridget das Interesse. Viele EDV-Freaks waren Pubertierende im Körper erwachsener Männer. Sie waren an kindischen Dingen interessiert, lasen alberne Comics, schauten infantile Filme, hörten belanglose Musik und waren, was Frauen betraf, auch sehr oft sehr unbeholfen. Aus Bridgets Sicht fehlte es ihnen meist an Fokus und Zielstrebigkeit. Nach wenigen Semestern fasste Bridget den Beschluss, dass sie woanders nach interessanten Männern Ausschau halten musste.

In Rekordzeit hatte Bridget ihr Studium absolviert, natürlich mit Auszeichnung. Als sie begann, die ersten Bewerbungen zu schreiben, crashte wieder mal die Börse und ungünstiger Weise waren Aktien aus dem Bereich der Neuen Technologien besonders betroffen. Es war schwierig an Jobs zu kommen und als Frau stieß sie in dieser männerdominierten Branche auf viele Hindernisse. Mit Frustration musste sie miterleben, wie ehemalige männliche Studienkollegen jene Jobs bekamen, für die sie abgelehnt wurde – obwohl sie die jahrgangsbeste Absolventin gewesen war.

Letzten Endes und nach vielen Mühen kam sie nicht bei einem namhaften multinationalen Konzern unter, sondern nur bei einem mittelständischen Unternehmen. Sie musste ein Einstiegsgehalt akzeptieren, dass weit unter ihren Vorstellungen gelegen hatte. Wenige Wochen nach dem Einstieg bei Wringendorf merkte sie außerdem, dass nicht alle in der Firma viel von der Idee hielten, eine junge Frau an die Position zu setzen, die der beliebte Wagner mehr als zwei Jahrzehnte bekleidet hatte. Jeden Tag war Bridget nicht nur mit Sachproblemen konfrontiert, sondern auch mit kleinen Intrigen, gezielt gestreuten Gerüchten und absichtlich falsch interpretierten Aussagen. Man band sie in Entscheidungen ein, ohne die Absicht zu haben, ihre Meinung zu berücksichtigen – man wollte nur ihre Ressourcen binden, ihren Ehrgeiz zügeln und ihr damit klar machen, dass sie in der informellen Hackordnung der Firma nur eine Randnummer war und eine solche auch bleiben sollte. Man „vergaß" sie in den E-Mail-Verteiler aufzunehmen, wenn es um wichtige Entscheidungen ging und die tatsächlich ihre Kernaufgaben betrafen. Wenn sie Außentermine hatte, drückte man ihr stets die Schlüssel vom bescheidensten und ältesten Firmenauto in die Hand – immer begleitet von einem misogynen Witz über die angeblich bescheidenen Fahrkünste von Frauen.

Doch Bridget kämpfte. Sie legte sich eine dicke Haut zu und lieferte Leistung. Schritt für Schritt brachte sie den alten Wringendorf auf ihre Seite. Immer öfter zeigte sich, dass Bridgets Expertise jener der Kollegen zumindest ebenbürtig war. In ihrem zweiten Jahr bei Wringendorf verhinderte Bridget zwei Fehlentscheidungen, die folgenschwere Auswirkungen auf die Firma gehabt hätten. Ab diesem Zeitpunkt wendete sich das Blatt. Ihr Chef erkannte ihr Potential: Er suchte oft mit Bridget das Gespräch, band sie öfter in Entscheidungen ein und begann, sie zu fördern. Ein, zwei Pensionierungen und ein, zwei Entlassungen von Mitarbeitern, die das Mobbing gegenüber Bridget übertrieben hatten, führten letzten Endes dazu, dass der Karriereweg für Bridget bei Wringendorf frei war. Langsam kam Bridget dort an, wo sie seit ihrem Eintritt ins Internat sein wollte: An der Spitze.

KAPITEL 8: DIMITRI

12 Jahre später

Bridget liebte das Café im Zentrum der Stadt. Das Gebäude war aus dem 18. Jahrhundert und beherbergte seit mehr als hundert Jahren das Kaffeehaus. Hier gab es unzählige erstklassige Kaffeevariationen und noch exquisitere Süßspeisen. Das Interieur war klassisch-elegant, das Personal professionell, diskret, höflich und flink. Bridget interessierte sich aber vor allem für das Publikum. Alte pensionierte Rechtsanwaltswitwen zählten ebenso zur Kundschaft des Hauses wie betuchte Touristen. Gar nicht selten waren gestresste junge Mütter aus besserem Hause mit ihren kleinen Bälgern zu sehen. Meist kamen sie mit Design-Kinderwägen und riesigen Taschen, in denen sich unzählige Babyutensilien verbargen, in das Lokal. Sie träumten von einem gepflegten Kaffee und angenehmen Konversationen mit Freundinnen oder Ehemann und bekamen doch nur quengelnde Kinder, umgekippte Apfelsäfte und vollgekleckerte Lätzchen.

Wieder beobachtete Bridget ein frustriertes Exemplar der Gattung Mutter. Bridget wusste, sie sollte Mitleid mit dieser Frau haben, doch eigentlich spürte sie nur Genugtuung und Schadenfreude. Gott sei Dank steckte sie nicht in der Haut dieser Frau! Wieso hatte sie sich überhaupt schwängern lassen, wenn sie dieses Mutter-Dasein so offensichtlich hasste?

Genüsslich nippte Bridget an ihrem Sekt. Das kleine Monster am Nebentisch grapschte gerade nach dem Mobiltelefon seiner Mutter. Wie gut, dass ihr lieber Göttergatte mit der kleinen Sarah gerade im städtischen Zoo war. Vermutlich fütterten die beiden Alpakas oder Schafe oder andere nach Urin und Kot stinkende Tiere.

Bridget blickte sich um. Natürlich waren nicht nur alte Damen, Touristen und gestresste Mütter in diesem Café. Viel neugieriger war sie auf all die Männer in ihren noblen Anzügen, die sich für so wichtig hielten. Sie trugen ihre teuren Uhren, Sonnenbrillen und Mobiltelefone wie Trophäen vor sich her und führten ernste Gespräche. Sie taten alles, um für mächtig und bedeutend gehalten zu werden. Manche glaubten sogar mit voller Überzeugung, der Mittelpunkt des Universums zu sein. Doch Bridget sah, wie gepflegt und kultiviert diese Männer waren. Und sie wusste, dass all diese Männer Wachs in ihren Händen waren.

Es war so leicht, diese Männer in ihr Netz zu locken! Wenn Bridget in ihrem Café saß, kam sie sich vor wie eine Spinne, die reichlich Beute macht. Sie musste nur da sein und warten. Was sie benötigte für ihren Beutezug waren ein enger Bleistiftrock, der ihren prallen Arsch zur Geltung brachte. Hohe Absätze, die ihr dabei halfen, nicht 1,75m sondern 1,85m groß zu sein. Einen kurzen, eng geschnittenen Blazer, der ihre schmale Taille und ihre Titten zur Geltung brachten. Reichlich Parfum. Sorgfältig aufgetragene Schinke, die ihre Gesichtszüge dezent zur Wirkung brachte.

Natürlich arbeiteten auch andere Frauen mit diesen Tricks. Frauen, wie meist jünger und manchmal auch hübscher als sie waren. Aber wie dumm waren doch ihre Geschlechtsgenossinnen, wie ahnungslos und ungeschickt!

Was halfen Hugo Boss und Tommy Hilfiger, wenn frau sich darin bewegte wie ein Metzger auf dem Weg zur Arbeit? Der teuerste Hosenanzug war chancenlos gegen zu fette Ärsche und Bauchspeck, der Bequemlichkeit und mangelnde Disziplin verriet. Noch peinlicher waren Frauen, die sich an Miniröcke und tiefe Dekolletees wagten ohne den Mumm zu haben, sich den Männern in dieser Mode selbstbewusst und routiniert zu präsentieren. Dieses unsichere Zupfen und Zurechtrücken weckte in Bridget nur Mitleid. Für diese Frauen fehlte ihr jeglicher Respekt.

Wenn Bridget ein Kaffeehaus, ein Restaurant, eine Bar, ein Büro oder ein Fitnesscenter betrat, hatte sie nicht die geringsten Zweifel, was ihre Wirkung auf Männer betraf. Sie achtete darauf, dass ihre Brüste zur Geltung kamen und ihr Kinn ein wenig nach oben deutete. Ihr fester Schritt und ihr lasziver Gang waren ihr gegeben. Nur auf ihren stets stoischen Gesichtsausdruck musste sie bewusst achten. Nichts sollte Neugierde, Unsicherheit oder Zweifel signalisieren. All die wichtigen Männer, deren Blicke sie spürte, waren in ihren beruflichen Positionen Unterwürfigkeit und blinden Gehorsam gewohnt. Meist heirateten sie brave, folgsame Frauen, die aufopferungsvoll ihre Rolle als Ehefrau erfüllten, sich in ihren unterbezahlten Teilzeitjobs ausbeuten und zu Hause vom renitenten Nachwuchs drangsalieren ließen. Diese Männer fanden ihre eigenen Frauen nur noch langweilig. Es reichte, sie am Valentinstag mit einem Strauß Blumen und billigem Silberschmuck abzuspeisen. Wenn sie aber Bridget sahen, diese schlanke, elegante Frau und ihr demonstratives Desinteresse und ihre nach außen gekehrte Arroganz spürten, dann war der männliche Jagdinstinkt geweckt. Ein weiteres scheues Rehchen zu erlegen wertete den männlichen Trophäenschrank schließlich nicht auf, aber diese Frau,

Bridget, war kein scheues Rehchen. Es war schwierig, diese Beute zu erlegen. Manche Männer probierten es trotzdem.

Natürlich war Bridget darauf aus, sich einen dieser Nobelschwänze zu gönnen. Männer, die sie ficken wollten, mussten sich dieses Privileg aber verdienen. Darum bekamen ausnahmslos alle Herren, die Bridget in ihrem Kaffee auf ein Getränk einluden, sie um die Uhrzeit oder den Weg zum Bahnhof fragten oder meinten, sie von irgendwoher zu kennen, eine kühle Abfuhr. Es war herrlich, wie diese Alphatierchen auf so eine Abfuhr reagierten: Da waren die offen Verblüfften mit ihrer Schnappatmung und den offenen Mündern. Es gab die Ritterlichen, die rot anliefen und sich nach der Abfuhr artig für die Störung entschuldigten, höflich blieben und sich dann doch gedemütigt und in ihrem Stolz verletzt von dannen machten. Und dann waren da die Beleidigten, die ihrerseits mit meist recht einfalls- und zahnlosen Beleidigungen reagierten. Beleidigungen, die ihre Enttäuschung und Hilflosigkeit deutlich machten und nicht im Geringsten die Macht hatten, Bridget zu berühren.

Aber es gab auch die interessanten Exemplare der Gattung Mann. Groß, wenn möglich dunkelhaarig, muskulös, elegant, selbstbewusst und mit ihrer Sexualität im Reinen. Jene, die nicht gleich den Schwanz einzogen. Jene, die ihr sexuelles Interesse mit Humor und Witz vortrugen und denen frau anmerkte, dass sie nicht den geringsten Zweifel daran hatten, dass sie der Damenwelt etwas zu bieten hatten. Es handelte sich um jene standhaften und ausdauernden Männer, die gut und kräftig ausgestattet waren und wussten, wie die Frauen zu nehmen waren. Auf die hatte es Bridget abgesehen.

„Darf ich die Dame auf einen Champagner einladen, der ihnen gerecht wird?", fragte der Mann, der in ihrem Alter war und unvermittelt an ihrem Tisch aufgetaucht war. Bridget musterte ihn. Ihr gefiel, was sie sah.

„Aber natürlich! Sehr gerne.", meinte sie mit einem Ton der Gelassenheit und schickte ein arrogantes „Wenn sie meinen?" hinterher. Der Mann, er war groß und sportlich, lächelte nur. Er nickte ihr kaum wahrnehmbar zu und setzte sich dann an einen benachbarten freien Tisch. Sofort rief er nach dem Kellner und deponierte bei diesem seine Order. Wieder lächelte er Bridget zu, dann griff er zu einer Tageszeitung und begann zu lesen.

Kurze Zeit später kam der Kellner an Bridgets Tisch. Wortlos nahm der die leere Kaffeetasse und das nur halb geleerte Sektglas vom Tisch und kredenzte stattdessen in einer mit Eiswürfel gefüllten Sektschale eine Flasche Champagner.

„Dom Pérignon Vintage 2006", säuselte der Kellner, öffnete die Flasche und stellte Bridget ein volles Glas Champagner vor die Nase. Bridget war beeindruckt, obwohl sie es sich eigentlich verbat, von irgendetwas oder irgendjemandem beeindruckt zu sein. Einfach so auf eine 400 Euro-Flasche Champagner eingeladen zu werden, das schmeichelte ihr. Bridget spürte, dass sie der elegante Schönling am Hacken hatte. Er hatte zielsicher ihre Neigung zu exquisitem, teurem Luxus ins Visier genommen. Ohne es zu wollen fuhr sie sich durchs Haar und schenkte dem Herrn am Nachbartisch ein Lächeln und einen begehrlichen Blick. Gleich aber hatte sich Bridget wieder im Griff. War es nicht noch zu früh für einen so offensichtlichen Flirt?

Bridget nippte genüsslich an ihrem Glas. Sie achtete darauf, dies auf eine sinnliche Weise zu tun. Das hatte sich der spendable Herr verdient. Bridget stellte das Glas ab und taxierte noch einmal in aller Ruhe diesen Mann. Er schaute ihr direkt in die Augen und machte keine Anstalten, seinen Blick von ihr abzuwenden. Er war an ihr interessiert, sehr sogar.

Bridget nahm noch einen Schluck. Sie war auch interessiert. Also stand sie auf und ging hinüber an den Tisch. Ihr Flirt erhob sich sofort und rückte einen Stuhl für sie zurecht. Er hatte also Stil. Bridget bedankte sich und nahm Platz.

Der Nachmittag war vergnüglich. Dimitri war ein Meister der charmanten Konversation. Geschickt streute er subtile Komplimente, er ging auf Bridget ein, versuchte sich in Bescheidenheit und deutete doch unmissverständlich an, dass er materiell gut situiert war.

Zu Beginn der Unterhaltung dominierte das gegenseitige Abtasten und Kennenlernen. Dimitri hielt sich bedeckt, was seine genaue berufliche Tätigkeit betraf. Er sprach davon, dass er das Familienunternehmen seines Vaters übernommen hatte und er im Begriff war, das Unternehmen breiter aufzustellen. Offenbar handelte es sich bei dem Unternehmen des Vaters um eine Baufirma, nun war das Ziel, branchenübergreifender und globaler zu agieren. Nun gut. Bridget verriet, dass sie für eine EDV-Firma arbeitete. Dimitri schien dies interessant zu finden, bohrte aber nicht nach.

Nach einer Stunde Gespräch hatte Bridget den Entschluss gefasst, dass sie Dimitri im Bett haben wollte. Abgewiesen zu werden bereitete ihr längst keine Sorgen mehr, also würde sie die nächste Gelegenheit nutzen, um nachzufragen, wie es mit Sex stünde.

Dimitri erzählte gerade vom Helicopter-Skiing in den Rockys. „Das macht am meisten Spaß bei pulvrigem Neuschnee!", schwärmte er.

Das war Bridgets Gelegenheit. „Und wann macht Sex am meisten Spaß?", wollte sie wissen. Dabei stützte sie ihren Kopf provokant in die Hand. Den Ellbogen hatte sie am Tisch abgestützt, sie schenkte Dimitri einen tiefen Blick.

Dimitri stutzte kaum merklich, dann huschte ein Lächeln über sein Gesicht. Nun erwiderte er ihren Blick. „Du bekommst immer, was du willst. Stimmt's?", versuchte es Dimitri mit einer Gegenfrage.

Bridget durchschaute Dimitris Strategie. „Um deine Frage zu beantworten: Ja. Aber wie wäre es, wenn du zuerst einmal meine Frage beantworten würdest?" Damit hatte sie Dimitri im Sack. Er lachte.

„Komm', wir gehen!", sagte er nur. Er nahm Bridget mit erstaunlicher Selbstverständlichkeit an der Hand, knallte an der Bar ein paar große Euroscheine auf den Tresen und führte Bridget zu einem in der Nähe parkenden Sportwagen.

„Möchtest du fahren?", fragte Dimitri spontan und hielt ihr den Schlüssel hin. Bridget war erstaunt. Sie hatte noch nie einen Mann gesehen, der so entspannt sein vierrädriges Spielzeug mit einer Frau teilte! Liebend gerne wäre Bridget mit diesem Geschoss durch die Stadt gesaust. Wenn sie aber an den Champagner dachte, den sie getrunken hatte, war das wohl keine so gute Idee.

„Wirklich gerne. Ein anderes Mal. Heute lasse ich mich lieber chauffieren!", schlug sie das Angebot freundlich aus.

Dimitri setzte sich ans Steuer und einen Moment später brauste Bridget mit ihrer neuen Eroberung auf dem Beifahrersitz dieses Luxusschlittens durch den sonnigen Abend. Das war ganz nach ihrem Geschmack! Bridget wurde übermütig. Langsam ließ sie ihre linke Hand auf Dimitris rechten Oberschenkel gleiten. Dabei sah sie ihm ganz genau ins Gesicht, um seine Reaktion auf ihre Berührungen abzulesen: Da war es wieder, dieses dezente Lächeln.

Dimitris Mimik war wie eine Ampel, die auf grün schaltete: Freie Fahrt! Also wanderte Bridgets Hand weiter nach oben. Nach wie vor ließ sie Dimitri nicht aus den Augen. Einige Momente später war Bridgets Hand in Dimitris Schritt angekommen. Was sie da spürte und was sich da regte versetzte sie in sexuelle Verzückung. „Fahr' auf die Autobahn!", verlangte sie nun. Dann schnallte sie sich ab und tauchte hinunter auf Dimitris Schoss. Da gab es für eine Frau wie sie einiges zu entdecken…

KAPITEL 9: DIE WETTE

Das nächste Mal traf Bridget Dimitri auf dem Golfplatz. Nach einem erfolgreichen Tag im Büro hatte sie im Club-House mit ein paar Kollegen auf den Abschluss eines wichtigen Projektes angestoßen. Ein Zufall hatte dazu geführt, dass sie mit Dimitri auf dem Golf-Parcours gelandet war.

Dimitri hatte gerade eine kleine Runde mit seinem Freund und Geschäftspartner Rachid aus dem Fernen Osten absolviert. Nun saßen sie in der Lounge des Clubhauses und genossen das angenehme Ambiente und das Sonnenlicht, dass durch die großen Fenster strahlte. Dimitri sah Bridget sofort, als diese mit einer Gruppe anderer Leute an einem großen Tisch Platz nahm. Diese Frau war außergewöhnlich, dachte er und bald bemerkte auch Rachid, wen Dimitri unentwegt beobachtete.

„Eine schöne Frau!", sagte er anerkennend und lächelte. „Kennst du Sie?"

Dimitri musste an die ausgelassene Fahrt über die Stadtautobahn denken. „Kennen ist vielleicht etwas übertrieben.", sinnierte er vor sich hin. „Aber wir haben schon sehr angenehme Stunden miteinander verbracht." Er lächelte versonnen.

„Verstehe!", meine Rachid und grinste. Nun musterte auch er Bridget eingehend. Sie war groß, schlank und trotzdem kurvig. Die blonden Haare glänzten. „Sie bewegt sich wie ein Rennpferd!", meinte er dann.

Dimitri lachte. Rachid dachte in anderen Kategorien. Ihm selber wäre es nie in den Sinn gekommen, eine Frau mit einem Rennpferd zu vergleichen. Bei Rachid klang dies allerdings wie ein Kompliment.

„Sie ist eine starke Frau", bemerkte Rachid dann. Kurzes Schweigen. Dann blitzten seine dunklen Augen schelmisch auf. „Wetten, dass du sie beim Golf nicht schlagen kannst!" Er blickte Dimitri herausfordernd an.

Dimitri zog unwillkürlich seine linke Augenbraue hoch. Das passierte immer, wenn er ausgemachten Blödsinn vernahm. „Nie im Leben, Rachid. Die Wette verlierst du mit Garantie!"

Rachid sah aber entschlossen aus. „Und ich sage dir: Du verlierst. Sie ist stark. Und du hast eine Schwäche für sie. Darum hast du keine Chance!"

Dimitri hielt viel von seinem Golfspiel. Er war natürlich kein Profi, aber in den Kreisen, in denen er sich bewegte, war er immer mit vorne dabei.

„Abgemacht!" Dimitris ganzes Wesen war auf Wettbewerb und Konkurrenz getrimmt. Einer Challenge wie dieser konnte er sich kaum entziehen. Außerdem würde eine Partie Golf mit Bridget ihm Gelegenheit geben, diese Bekanntschaft weiter zu pflegen.

„Wenn du verlierst, schenkst du ihr ein Penthouse in der Stadt!", meinte Rachid. „Und wenn ich verliere, bekommst du mein Sportboot am Gardasee."

Dimitri schwieg. Das waren hohe Einsätze, keine Frage. Damit stieg aber auch der Reiz der Wette.

„Einverstanden! Du kannst mir die Schlüssel für das Boot gleich geben!", meinte er selbstbewusst. „Eines würde mich aber interessieren: Bei der Wette gehst du leer aus, so oder so. Warum also dieser Wetteinsatz?"

Rachid lachte: „Bridget ist eine sehr spezielle Frau. Ihr steht ein Penthouse zu."

Dimitris Outfit und Golfausrüstung waren vom Feinsten. Gleich nachdem sie von Dimitri um eine Runde Golf gebeten wurde, flirtete er mit ihr und Bridget merkte, wie sie von seinen Blicken gemustert wurde. Sie wusste, dass sie an diesem Tag gut aussah. Sie war ausgeruht. Der erfolgreiche Projektabschluss sowie die zwei Gläser Sekt-Orange im Clubhouse hatten sie fröhlich und ausgelassen gemacht. So ein Flirt auf dem Golfplatz kam ihr da gerade recht. Sie trug ein Golfoutfit von Sportalm, welches ihre körperlichen Vorzüge hervorragend zur Geltung brachte.

Die kokette Stimmung zwischen Dimitri und Bridget änderte sich aber spätestens an Loch 5. Bridget hatte ein Birdie geschafft, Dimitri hingegen ein Doppel-Boogie produziert. Bridget bemerkte, dass Dimitri ein Mann war, der es nicht gewohnt war, zu verlieren. Was Bridget nicht ahnte: Dimitris golfspielende Geschäftspartner wussten, dass man ihn gewinnen lassen musste, wenn man den anvisierten Geschäftsdeal nicht gefährden wollte. Was sie hingegen erkannte, und dafür musste sie Dimitri nur in die Augen sehen, waren sein unendlich großer Ehrgeiz, seine Irritation und sein Ärger über die nicht nach Wunsch laufende Partie.

„Ich muss mich wohl mehr auf mein Spiel als auf deine Beine konzentrieren!", meinte er. Diese Äußerung sollte charmant sein, Dimitris Gesicht aber war versteinert. Bridget gefiel die Situation, in die sie geraten war, mit jeder Minute besser. Da war dieser attraktive und reiche Mann. Er fand sie interessant und begehrenswert, da konnte kein Zweifel bestehen. Und sie, Bridget, war gerade dabei diesem Prachtexemplar eines Alpha-Männchens eine Golf-Lektion zu erteilen!

Dimitri war jetzt ganz im Spiel. Bridget hingegen bemühte sich nicht sehr. Sie wusste, dass sie auf den ersten fünf Bahnen des Kurses weit über ihrem tatsächlichen Können gespielt hatte. Sie kannte dieses Phänomen und wusste, dass der Faden in jedem Moment reißen und sie das produzieren würde, was ihrem Spiel entsprach: Schläge ins Rough, in die Sandbunker und Wasserhindernisse. Doch an diesem denkwürdigen frühen Abend kam dieser Moment nicht: Bridget fabrizierte einen wunderbaren Schlag nach dem anderen. Je beschwingter und euphorischer sie wurde, umso verbissener wirkte Dimitri.

Ab Loch 12 versuchte es Dimitri mit einer anderen Strategie: Er richtete seine Aufmerksamkeit wieder ganz auf sie, offenbar, um sie abzulenken und sie auf diese Weise aus dem Spielfluss zu bringen. Dieses Ansinnen war jedoch so unverhohlen, dass Bridget die Absicht sofort durchschaute. Sie genoss Dimitris Annäherungsversuche, Komplimente und die – anfangs subtilen, später recht forschen – Berührungen. Doch sie ließ ihn abblitzen: Bridget hatte sich längst zum Ziel gesetzt, ihn als Golfspieler, aber auch als Mann in die Schranken zu weisen. Und gerade die Tatsache, dass er sowohl in der einen, also auch in der anderen Rolle keine Niederlagen vertrug, machte die Sache für Bridget so reizvoll. Bridgets Plan ging auf: Nach Loch 18 verabschiedete sich Dimitri auf höchst steife und einsilbige Weise und machte sich dann beleidigt davon.

KAPITEL 10: GIRLS NIGHT OUT

Es folgten Tage des Alltags. Im Job war viel los, ohne dass die Aufgaben besonders fordernd waren. Das Familienleben lief – auch dank Nate – reibungslos. Bridget hatte viel Zeit für die kleine Sarah und die Aussicht auf den Samstagabend mit den Mädels motivierte sie für Job und Familie. Am Freitag fühlte Bridget die Vorfreude auf die Girls-Night-Out als Prickeln in jeder Faser ihres Körpers. Es war an der Zeit, das Überdruckventil aufzumachen. Da war eine lange Nacht mit den Mädels genau das Richtige.

Bridget hatte sich einen Body von Wolford herausgesucht, dazu Jeans von Replay, ihre schwarze Lederjacke sowie spitz zulaufende Stiefeletten von Giuseppe Zanotti. Als sie sich im Spiegel betrachtete war sie sich sicher, dass sie heute nicht übersehen werden würde. Sie war startklar für die Nacht.

Die Location war perfekt und entsprach ihrer Stimmung. Die Mädels hatten sich die Rooftop-Bar eines Luxushotels in der Stadt ausgesucht und einen Tisch reserviert. Als Bridget das Foyer des Hotels betrat, ihr Spiegelbild sah, ihre Absätze auf dem teuren Marmorboden hörte und den Duft ihres Parfums spürte, hatte ihre Stimmung den Höhepunkt erreicht. Im Panorama-Lift ging es nach oben und als die Tür des Lifts aufging, klang chilliger Dubstep an ihr Ohr.

Ihre vier Mädels warteten schon und begrüßten sie mit großem Hallo. Ein Long-Drink war schon für sie bestellt worden. „Gehst du wieder auf Männer-Jagd?", fragte Susan augenzwinkernd, während sie demonstrativ Bridget Outfit begutachtete. Die Damen blickten Bridget erwartungsvoll an. Sie wussten von Bridget Arrangement mit Nate und sie wussten auch, dass sich Bridget ein Männerangebot, sofern es ihren hohen Ansprüchen genügte, nicht entgehen ließ.

Bridgets Freundinnen waren ebenfalls alle vergeben, waren aber in ihren konventionellen Paarbeziehungen gefangen. Sie projizierten ihre Sehnsüchte und Träume auf Bridget, denn Bridget lebte, wovon sie nur noch träumten. Bridget fand das zwar ein wenig bemitleidenswert, aber sie kam ihren Freundinnen entgegen, indem sie das eine oder andere Detail von der einen oder anderen Männerbekanntschaft preisgab. Außerdem wusste Bridget, dass die Gespräche an diesen Abenden oft rasch in Richtung Kinder, Beruf, Beziehung und sogar Haushalt abdrifteten und das war das letzte, was sie brauchen konnte. Lieber war es ihr, mit den Mädels gemeinsam die Männer in der Bar abzuchecken und den einen oder anderen Flirt zu starten. Bridget bestellte rasch eine zweite Runde Cocktails für alle. Damit stieg die Chance, dass ihre Freundinnen für ein paar Stunden ihren Alltag beiseiteschieben und ein wenig loslassen konnten.

Tatsächlich wurden die Themen bald weniger ernst, das Gekicher lauter und die Stimmung ausgelassener. Noch bevor die zweite Runde Cocktails geleert war, brachte die Bedienung schon die nächste. Die Damen blickten sich erstaunt an, wurden dann aber davon in Kenntnis gesetzt, dass ein Herr auf der anderen Seite der Bar der edle Spender war. Neugierig blickte sich Bridget um und sie sah Dimitri direkt in die Augen. Dieser lächelte höflich und prostete den Damen zu. Er war in Begleitung von zwei weiteren Männern. Alle sahen sehr elegant aus. Uhren, Schuhe und Krawatten sollten dezent aber unmissverständlich signalisieren, dass Frau es mit beruflich erfolgreichen und finanziell potenten Exemplaren der Gattung Mann zu tun hatte. Wie aber sah es mit der sexuellen Potenz aus? Dieser Frage würde Bridget heute Nacht auf den Grund gehen. Sie hatte es, wenig überraschend, auf Dimitri abgesehen.

Schnell riss Bridget ein Blatt Papier aus ihrem Notizbuch und kritzelte eine kurze Nachricht. Dann faltete sie das Blatt.

„Was hast du vor?", fragte Corinna aufgeregt. „Nur die Ruhe, Corinna. Ich habe alles im Griff!". Anstatt den Kellner zu bitten, Dimitri die kurze Nachricht zu überbringen, machte sich Bridget selbst auf den Weg. Sie wusste, dass sie von Dimitri nicht aus den Augen gelassen wurde. Bridget nahm also noch einen Schluck, fuhr sich lasziv durch das Haar und rutschte dann lässig vom Barhocker. Mit akzentuiertem Schritt ging sie zu hinüber zu Dimitris Herrenrunde. Dimitri blickte sie neugierig an und lächelte ihr zu. „Was kann ich für Dich tun? Waren die Drinks nicht o.k.?" Bridget merkte, dass sie nun auch von Dimitris Freunden nicht aus den Augen gelassen wurde. Warum auch? Welcher Mann erfreute sich nicht am Anblick einer großen, schlanken Frau in figurbetonenden Jeans und hautengem Oberteil? Einer Frau mit Stil und Sexappeal?

„Mit den Drinks war alles o.k.", meinte Bridget gelassen. Sie hatte sich Dimitri bis auf wenige Zentimeter genähert. Sie konnte sein Rasierwasser riechen und ohne es zu wollen löste dieser Duft sexuelle Begierde in ihr aus. Bridget versuchte, sich nichts anmerken zu lassen. Sie legte demonstrativ die Notiz auf den Tisch und richtete Dimitri dann die Krawatte. „Mit Herren, deren Krawatten nicht richtig sitzen, gebe ich mich nämlich nicht ab!", sagte sie mit arrogantem Lächeln und ließ Dimitri, bevor dieser überhaupt verstanden hatte, was gerade passiert war, stehen. Da sie ihm nun den Rücken zuwandte, konnte sie nicht sehen, dass sich in Dimitris Antlitz Überraschung, Amüsement, gekränkte Eitelkeit und Kampfeslust zu einem kaum definierbaren Gesichtsausdruck vermischt hatten. Das Lachen von Dimitris Freunden konnte Bridget hingegen sehr deutlich vernehmen.

„Was war das denn gerade? Kennst du diesen Kerl? Du kannst ihn doch nicht so provozieren!", meine Maja, als sich Bridget wieder zu ihren Freundinnen gesellte. „

„Ja, ich kenne diesen Kerl. Dimitri, ein reicher Unternehmer. Genau mein Typ!", antwortete Bridget und leerte ihr Glas mit einem Zug. Kurz kamen in ihr Zweifel auf, ob sie es gerade nicht ein wenig übertrieben hatte. Aber sie reagierte auf diesen Zweifel wie auf jede Unsicherheit, die sich in ihr regte: Sie ignorierte diese Gefühle und erinnerte sich selbst daran, ihre eigenen Impulse nicht in Frage zu stellen. Sie war mit dieser Einstellung immer gut gefahren.

„Ups, ich glaube, die drei Schönlinge kommen jetzt zu uns herüber!", meldete sich jetzt Corinna zu Wort, halb erschrocken, halb begeistert. Tatsächlich stand Dimitri einen Moment später vor Bridget.

„Wir gehen tanzen!", sagte er nur, nahm sie an der Hand und zog sie Richtung Tanzfläche. Dimitris Dominanz sorgte augenblicklich dafür, dass aus einem noch recht diffusen Gefühl der erotischen Begierde sexuelle Lust wurde. Bridget spürte diese Wärme und dieses Prickeln, das sie immer bekam, wenn sich ihr Körper auf Sex einstellte.

Dimitris Hand hatte forsch nach ihrer gegriffen und sofort hatte Bridget seine Kraft gespürt. Auf der Tanzfläche hielt er sich auch nicht lange mit gesellschaftlicher Etikette auf: Er zog Bridget eng an sich. Wieder nahm sie seinen Duft wahr. Dimitri führte sie so eng, dass ihr Busen und Bauch gegen seinen muskulösen Oberkörper gedrückt wurden. Bridget merkte, wie ihre Libido schrittweise das Kommando übernahm. Endlich loslassen. Nun war kein Platz für Vernunft und in Schach gehaltene Gefühle und Begierden.

Dimitri ließ seine Hand von ihrer Taille über die Hüften auf ihren Po gleiten. Bridget war längst bereit für noch viel intensivere Berührungen. Dimitri enttäuschte sie nicht. Er hatte ein Gefühl für ihre Wünsche und ein gutes Gespür für den Augenblick. „Hol' dir deine Sachen!", flüsterte er ihr ins Ohr und beendete den Tanz.

KAPITEL 11:
EROTISCHES ZUR NACHT

Dimitri nahm Bridget wieder an die Hand und führte sie zum Aufzug. Dimitri sah sehr entschlossen aus, Bridget freute sich auf das, was nun kommen würde. Niemand sagte ein Wort, aber Bridget war jetzt nach einem Fick und nicht nach Konversation.

Die Fahrt mit dem Lift war verblüffend kurz. Dimitri führte Bridget in eine großzügige Suite im 28. Stockwerk des Hotels. Die Glasfronten gingen bis hinunter zum Teppichboden und gaben den Blick auf die nächtliche Stadt frei. Indirekte Beleuchtung setzten eine kleine Bar hervorragend in Szene. Leiser und chilliger Instrumental-Jazz zauberte eine intime Stimmung.

Dimitri schritt gleich zur Tat. Forsch wurde Bridget an die Rückseite der Couch geschoben. Dimitri fasste sie von hinten an die Taille. Während er geschickt ihren Gürtel öffnete, begann er, Bridgets Nacken zu küssen. Einladend neigte Bridget ihren Kopf zur Seite, um Dimitri zu signalisieren, dass ihr seine Küsse guttaten. Schnell und gekonnt schob Dimitri Bridget die engen Jeans über Hüften und Po. Mit einem sinnlichen Hüftschwung half Bridget mit. Dimitris Hände wanderten gierig die Rück- und Innenseite ihrer Schenkel entlang Richtung Po. In diesem Moment war Bridget froh über die mühsamen Stunden im Fitnesscenter. Ihr Hintern war rund und knackig und Dimitri würde gefallen, was er zu fassen bekam. Tatsächlich knetete er genüsslich ihr festes Sitzfleisch, dann schob er plötzlich eine Hand in ihren Schritt und öffnete mit einem Ruck den Druckknopf des Bodys. Bridget entkam ein Seufzen voller Wonne und sexueller Gier. Im nächsten Moment glitt ein Finger in ihre warme und feuchte Spalte. Ein Ruck wie ein Stromstoß durchzuckte sie. Bridget hatte schon zuvor Gefallen an Dimitris sorgfältig manikürten Händen gefunden.

„Du machst auf unnahbaren Eisberg und dann bist du so feucht für mich?", raunte Dimitri mit seltsam heiserer Stimme. Dann spürte Bridget einen zweiten Finger, einen dritten. Dimitri drückte ihr seine Erektion gegen den nackten Arsch. Die andere Hand griff nach ihrer Brust. Bridget nahm beide Arme nach oben, damit Dimitri freie Bahn hatte.

Bridget gab sich mit Haut und Haaren Dimitris Sexualität hin. Sie genoss die Tatsache, dass er wusste, was er tat. Und trotz seiner Geilheit hatte er einen Sinn für Dramaturgie: Er brachte sie mit seinen Streicheleinheiten enorm in Stimmung und Bridget spürte, wie sich diese Welle der Euphorie in ihr aufbaute, die sich bei ihr nur bei gutem Sex einstellte (und beim Kauf von Schuhen von Christian Louboutin oder Saint Laurent – aber das war eine andere Geschichte!). Doch Dimitri ließ noch nicht zu, dass sich ihre Spannung in einem Orgasmus entlud.

„Beuge dich nach vorne!", hörte Bridget Dimitri sagen, und zwar in einem durchaus energischen Tonfall. Sie folgte der Aufforderung und lehnte sich mit Oberkörper und Unterarmen auf die Rückenlehne des Sofas. Sie ging provokant ins Hohlkreuz: Auf diese Weise streckte sie Dimitri ihr Hinterteil in voller Pracht entgegen. Würde er sie jetzt gleich von seinem angeschwollenen Glied penetriert und ausgefüllt werden?

Dimitri jedoch ließ von ihr ab, ging zum Tisch und machte einen Schluck aus seinem Glas. Er genoss den Anblick, der sich ihm bot: Da stand diese langbeinige Schönheit mit gespreizten Beinen, vornübergebeugt an der Couch. Sie trug nur noch ihre Pumps. Der Alkohol und der Sex hatten ihr eine gesunde Farbe auf die Wangen gezaubert. Sie sah erwartungsvoll und fragend zu ihm und wollte sich gerade aufrichten, um zu fragen, wie es nun weiterginge. Doch Dimitri kam ihrer Frage zuvor. Er legte nur einen Finger auf seinen Mund und signalisierte ihr damit, dass sie keine Fragen stellen sollte.

„Nur Geduld! Du bekommst schon, was du brauchst!", meinte er selbstbewusst. Er stellte sein Glas wieder ab und wandte sich nun wieder der Frau zu. Mit seiner flachen rechten Hand verpasste Dimitri seiner Beute einen ersten, herzhaften Klaps auf die rechte Pobacke. Dann auf die linke. Bald würden nicht nur ihre Wangen eine rötliche Farbe haben, dachte er. Das erste Mal an diesem Abend war Dimitri richtig zufrieden. Er hatte Bridget da, wo er sie haben wollte.

Bridget erregten Dimitris gekonnte Schläge. Sie gab gerne die Unterwürfige, wenn dies mit gutem Sex belohnt wurde. Sie liebte es, sich um nichts kümmern zu müssen. Dimitri konnte mit ihr alles, wirklich alles tun, solange sie dadurch erregt wurde. Jetzt wollte sie nichts anderes, als sein lebendiges Sextoy sein: Sie war neugierig, wie kreativ er sein würde und welche animalischen Sehnsüchte hinter seiner gepflegten und kultivierten Erscheinung verborgen lagen.

Das feurige Brennen ihrer Haut, der Alkohol und die Sexualhormone in ihrem System enthemmten Bridget mit jeder Minute mehr. So brauchte jetzt seinen Schwanz, und zwar sofort. Dimitri schien Gedanken lesen zu können.

76

Prüfend streichelte er ihren feuerroten Po. „Das reicht!",
meinte er mit zufriedener Stimme. „Niemand schlägt mich
ungestraft beim Golf! Merke dir das!" Er zog Bridget hoch und
küsste sie. Bridget stand auf gute Küsse, und Dimitri verstand
sich auch auf diese hohe Liebeskunst. Aber jetzt war ihr nach
herzhafterer Kost.

„Knie dich hin!", befahl Dimitri und Bridgets Lust erreichte
sofort neue Höhen. Sie kniete sich auf den weichen Teppich,
nahm Dimitris prallen Schwanz und ließ ihn gekonnt durch
ihre französisch manikürten Finger gleiten. Dann küsste sie
die Spitze des Glieds zärtlich mit ihren roten Lippen. Ihre
Zunge kreiste genüsslich um seine Eichel. Dimitris anfangs
zurückhaltenden Hüftbewegungen wurden nun fordernder.
Einerseits wollte Bridget diesen Schwanz sofort und zur
Gänze. Andererseits wollte sie Dimitri ein wenig zappeln
lassen – als Revanche für die roten Pobacken, die er ihr
verpasst hatte. Als sie jedoch Anstalten machte, sein Glied aus
ihrem Mund gleiten zu lassen, packte er ihren Schopf und
schob ihren Kopf gegen seinen Schoss, sodass sie ihn wieder
zur Gänze in ihrem Rachen aufnehmen musste. Nun war
voller Einsatz von ihr verlangt.

Trotz aller Erregung, die Dimitri zunehmend impulsiv und
triebgesteuert gemacht hatte, hatte er sich noch soweit unter
Kontrolle, dass er nicht schon jetzt abspritzte. Bevor es so weit
kommen konnte, entzog er sich ihr. Sie übersiedelten vom
Teppich und der Couch in ein bequemes King-Size-Bett, das
mit kühler, herrlich glänzender Seidenware überzogen
worden war. Die Matratzen hatten genau die richtige
Festigkeit für guten Sex.

Dimitri schubste sie mit einer ganz beiläufigen,
federleichten und trotzdem erstaunlich kräftigen
Handbewegung in das Bett. Er packte sie an den Handfesseln
und drang lustvoll in sie ein. „Wieder ein Eintrag in mein

kleines Tagebuch!", kam es Bridget kurz in den Sinn, dann aber hatte ihr Verstand Sendepause und all ihre sensuelle Aufmerksamkeit richtige sich auf das Geschehen zwischen ihren Beinen.

Dimitri bewies sportliches Talent, ohne den peinlichen Eindruck zu erwecken, es ginge gerade um Bestleistungen und Haltungsnoten. Die ersten Stöße empfing Bridget in der klassischen Missionarsstellung, dann wieder wechselte sie auf alle Viere, sodass Dimitri sie von hinten verwöhnen konnte. Dann wieder durfte sie ran. Die lange Nacht und der nicht weniger lange Arbeitstag, der dem Abend vorangegangen war, forderten ihren Tribut in Form einer langsam aufkommenden Müdigkeit. Trotzdem führte der Ritt, den Bridget auf Dimitris Schoss vollführte, direkt in einen feuerwerksartigen Orgasmus. Bridgets sexuelles Talent, gepaart mit geilem Eifer, hatte auch Dimitri über den „Point-of-no-Return" geführt. Erschöpft und total befriedigt kippte Bridgets in die leere Betthälfte. „Nur nicht einschlafen, ich muss nach Hause!", dachte sie noch und war schon im Land der Träume.

Bridget erwachte in den frühen Morgenstunden. Ein zartes Violett stieg über den Horizont herauf, ansonsten war es noch dunkel. Ein paar Autos waren unterwegs, eine morgendliche S-Bahn. Kein Wunder, es war Samstag und damit erst der zweite Tag an ihrem familienfreien Wochenende. Dimitri lag neben ihr und schlief.

Vorsichtig und auf Zehenspitzen schlich sich Bridget in das Bad. Sie roch die Reste ihres Parfums, merkte aber auch den Geruch von Alkohol, Schweiß und Sex. Sie hatte dringend eine Dusche nötig und würde dann möglichst ungesehen verschwinden. Sie hatte schon jetzt ein wenig schlechtes Gewissen: Sex mit einem anderen Mann bereitete ihr nicht im Geringsten Gewissensbisse. Aber zu übernachten, am Morgen im Bett eines anderen zu erwachen – das kam ihr seltsamer Weise viel intimer vor. Es fühlte sich für Bridget mehr nach Untreue an als bloßes, impulsgesteuertes Abbauen überschüssiger sexueller Energie.

Eine kurze Dusche würde reichen. Als sie abgetrocknet war und sich fertig angezogen hatte, stand Dimitri vor ihr.

„Wohin so schnell, meine Schöne? Hast du keine Lust auf ein Frühstück mit mir?", fragte Dimitri. Sein Tonfall wies nicht mehr diese vornehme Distanz auf, die bisher seinen Small-Talk mit ihr ausgezeichnet hatte. Die Vertraulichkeit, die nun in seiner Stimme lag, verstärkte Bridget Unbehagen. Schnell war sie mit ein paar Ausflüchten zur Hand, die belegen sollten, dass ein gemeinsames Frühstück mit Dimitri, womöglich sogar ein Brunch, heute ganz und gar nicht möglich waren. Dimitri, ganz Gentlemen, gab sich damit zufrieden.

„Auch wenn du jetzt schon gehst, möchte ich dich auf eine Gartenparty einladen. Ende des nächsten Monats habe ich ein paar Freunde und Geschäftspartner eingeladen zu – wie soll ich sagen – einem gehobeneren Barbecue. Im Garten meines kleines Strandhauses." Er lächelte und drückte Bridget eine Einladung in die Hand. Das alles klang so bescheiden: ein besseres Barbecue, ein kleines Haus am See, nur ein paar Freunde und Geschäftspartner. Bridget wusste, dass das Gegenteil zu erwarten war: Ein Sommerfest mit den besten Köchen und Sommeliers, das Haus war garantiert eine Designer-Villa in bester Lage, und bei den Freuden und Geschäftspartnern handelte es sich um das Who-is-Who aus Politik, Wirtschaft und Kultur. Das klang wie Musik in ihren Ohren: Im schlechtesten Fall hatte sie einen angenehmen Abend mit gutem Essen in gepflegtem Ambiente. Lief es besser, lernte sie Leute kennen, die auch karrieretechnisch für sie von Interesse sein könnten. Und im besten Fall – im besten Fall waren da ein paar attraktive Männer, die Lust auf ein kleines Abenteuer hatten. Und der Aussicht auf eine kleine Eskapade konnte Bridget nie widerstehen.

„Ich werde es mir überlegen! Darf ich vielleicht eine Freundin mitbringen? Du hast doch sicher nichts dagegen, wenn sich viele hübsche Frauen auf deiner Party tummeln", meinte Bridget. Sie schenkte Dimitri ein aufrichtiges Lächeln. „Ich hatte wirklich eine gute Zeit mit dir!"

„Das Kompliment gebe ich gerne zurück!", meinte Dimitri, und für Bridget klang das durchaus aufrichtig. „Bevor ich es vergesse: Bei der Gartenparty gibt es so etwas wie einen Dresscode." Er drückte Bridget eine Gutscheinkarte einer noblen Innenstadt-Boutique in die Hand. „Dort wird man dir helfen, die richtigen Sachen für die Party zu finden!" Bevor Bridget dieses Geschenk ablehnen wollte – es entsprach ihr eigentlich nicht, durch die Annahme von Geschenken irgendjemandem gegenüber verpflichtet zu sein – nahm Dimitri ein Gespräch am Handy entgegen. „Diesen Anruf muss ich unbedingt annehmen! Wir sehen uns!", sagte er noch schnell und begann im nächsten Moment das Gespräch. Es war Samstagmorgen und Dimitri musste um sieben Uhr geschäftliche Telefonate führen? Er musste wirklich ein vielbeschäftigter Mann sein, dachte Bridget. Entspannt und zufrieden ging Bridget zum Aufzug und fuhr hinunter in die Lobby.

Als sich die Türen des Lifts öffneten bot sich Bridget ein völlig verblüffender Anblick. Da stand Corinna. Im gestrigen Partyoutfit, und sie küsste, auf Zehenspitzen stehend, einen großen, gutgebauten Mann. Es war ein leidenschaftlicher Kuss, soviel stand fest. Und die Hände der beiden bedienten sich gierig an den delikatesten Stellen des anderen.

„Aber Hallo!", entfuhr es Bridget und sie biss sich noch im gleichen Augenblick auf die Lippen. Warum konnte sie nicht diskret an den beiden vorbei gehen und sie ihrem Liebesglück überlassen? So richtete sich die Aufmerksamkeit der beiden ganz auf sie.

„Oh, so ein Zufall!", meinte Corinna und errötete heftig. „Frisch beim Ehebruch ertappt!", stand ihr ins Gesicht geschrieben.

„Ich wollte euch nicht stören, Corinna!", entgegnete Bridget ehrlich verlegen.

„Nein, Sie stören nicht!", sagte der Schönling an Corinna Seite. Er musste locker zehn Jahre jünger als ihre Freundin sein. „Wir wollten uns gerade verabschieden. Dimitri verlangt nach mir!"

„Es war nett mit dir, Keith!", sagte Corinna noch schnell, in einem fast nicht wahrnehmbaren Flüsterton.

„Komm schon, Corinna. Reiße dich von deinem Lover los. Spätestens auf Dimitris Gartenparty seht ihr euch wieder!", meinte Bridget grinsend. Corinna und Keith sahen Bridget fragend an. Sie wussten offensichtlich nicht, worauf Bridget anspielte. Die Ratlosigkeit in den beiden Gesichtern ließ Bridgets Lächeln noch süffisanter werden. In ihrem Kopf war gerade ein amouröser Plan entstanden.

KAPITEL 12: DAS ARRANGEMENT

„Oh mein Gott, Bridget! Ich habe ihn gevögelt, die ganze Nacht!", entfuhr es Corinna, kaum, nachdem sie das Hotel verlassen und in den kühlen Samstagmorgen getreten waren. Panik lag in ihrer Stimme.

Bridget wunderte sich über die Aufregung in der Stimme ihrer Freundin keine Sekunde lang. Die brave Corinna, treue Ehefrau und hingebungsvolle Mutter zweiter wunderbarer Kinder, hatte hingebungsvollen Sex mit einem fremden Mann gehabt! Und es hatte ihr gut getan, die Abschiedsszene in der Lobby sprach Bände. Und gleichzeitig war da das Entsetzen ihrer Freundin über sich selbst: Wie konnte es passieren, dass ihre Impulskontrolle so vollständig versagt hatte? Wie sollte sie damit umgehen, dass sie ihr Selbstbild, dass sie sich seit ihrer Hochzeit zusammengezimmert hatte, völlig ad absurdum geführt hatte? Wollte sie nicht alles ihrer Ehe und ihren Kindern, dem trauten Heim und einem ruhigen, glücklichen Leben unterordnen?

„Ich habe meine Ehe zerstört!", platzte es aus Corinna hinaus.

„Blödsinn!", lachte Bridget und umarmte ihre Freundin. „Ich glaube, ich lade dich jetzt auf ein ausgiebiges Frühstück ein und dann reden wir über deine kleine Affäre!"

Bridget kannte in diesem Stadtteil eine gute Café-Bar. Die beiden bestellten dort ein ausgiebiges Frühstück. Beide Damen waren froh, endlich wieder einmal einen stinknormalen Kaffee vorgesetzt zu bekommen. Und dann berichtete Bridget von ihrem ehelichen Arrangement mit Nate:

„Einmal im Monat hat jeder von uns ein familienfreies Wochenende", begann Bridget. Etwas in der Art hatte Bridget Corinna bereits angedeutet. Jetzt war Corinna gespannt, welche Details Bridget nun preisgeben würde.

„Der Deal läuft folgender Weise: Ein Partner schnappt sich das Mädchen und fährt übers Wochenende zu den Großeltern. Der andere Partner hat nun die Gelegenheit, mal jemand anderer zu sein als nur Partner, Elternteil und Humanressource in einem Unternehmen".

„Was bedeutet das, 'jemand anderer sein'?", bohrte Corinna nach.

„Jemand anderer sein eben!" antwortete Bridget. „Es läuft darauf hinaus, dass man am familienfreien Wochenende tun und lassen kann, was man will. Die Alltagsverpflichtungen aus Familie und Beruf gelten an diesem Wochenende einfach nicht."

„Wow!", antwortete Corinna verblüfft. „Das heißt…", setzte Corinna an, doch Bridget vollendete den Satz: „Das heißt, dass ich ins Kino gehen, meine Briefmarkensammlung sortieren, den Keller ausräumen oder Shoppen gehen kann. Alles, was die Batterien auflädt, ist erlaubt!"

„Und was lädt deine Batterien auf?", wollte Corinna wissen, doch sie ahnte die Antwort bereits.

„Ich will mich als Frau spüren!", sagte Bridget nun, viel ernster als zuvor. „Ich will mich gut anziehen, schminken, mich schön und attraktiv fühlen. Ich will, dass mir die Männer nachsehen und mich auf einen Drink einladen. Und wenn ich Lust dazu habe, lasse ich mich von Männern, die mir gefallen, verführen und ficken. Ich habe es mit Fitnesscenter und dem Museum der Moderne versucht. Aber glaube mir, einen gepflegt-rasierten Schwanz zu verwöhnen, lädt meine Akkus ungleich besser auf!"

Bridget holte nach diesem Geständnis Luft und nahm einen Schluck von ihrem Kaffee.

„Und Nate?", fragte Corinna nach einer längeren Pause.

„Das ist alles abgesprochen. Anfangs wussten wir auch nicht, ob wir so ein Arrangement leben können, ohne unsere Beziehung damit zu beschädigen. Es brauchte eine Weile, sich in dieser offeneren Beziehung zurecht zu finden. Aber es funktioniert. Wir sind happy damit!"

Bridget nahm noch einen Schluck Kaffee. Dann fügte sie lächelnd hinzu: „Konkurrenz belebt das Geschäft! Du kannst dir nicht vorstellen, wie gut es unserem Sexleben getan hat, dass es da so einige sexuelle Begegnungen außerhalb der Beziehung gibt!"

Corinna war eine Weile sprachlos. In ihrem Gesicht wetterleuchtete es, Gedanken und Emotionen wirbelten durch ihr Bewusstsein. „Das klingt fantastisch, aber ich könnte das nicht. Theo würde sich auf der Stelle von mir scheiden lassen!"

„Weißt du das oder ist das nur eine Vermutung?", bohrte Bridget nach.

„Er fände ein solches Arrangement völlig abnormal, direkt pervers. Aber ich beneide dich! Mehrere solche Nächte wie heute, das wäre vielleicht tatsächlich gar nicht mal so übel!", schwärmte sie.

„Ein wenig Abwechslung ist abnormal? Stelle dir doch mal vor: Jahrzehntelang die gleiche Jeans, die gleiche Bluse, die gleichen Schuhe, das gleiche Frühstück, das gleiche Abendessen? Immer das gleiche Lied im Radio? Immer das gleiche Wetter, die gleiche Jahreszeit? Das ist abnormal! Und garantiert nicht gesund, das tötet jede Seele ab!", führte Bridget, hörbar emotional aus.

„Und du meinst, jahrzehntelang der gleiche Schwanz ist auch ungesund?", fragte Corinna nach, ohne eine Antwort zu erwarten. Sie hatte Bridgets Meinung dazu schließlich gerade kennengelernt.

„Da kannst du drauf wetten!", meinte Bridget. „Darauf sollten wir anstoßen!", fuhr sie fort und wiegelte gleich ab: „Aber mit Orangensaft, alles andere wäre Selbstmord!"

Dann wechselte sie das Thema. „Was sagst du eigentlich zu Theo, wenn du jetzt erst nach Hause kommst? Noch dazu in diesem Zustand!" Bridget lachte, Corinna musste ich hingegen zu einem Lächeln zwingen.

„Gott sei Dank gar nichts. Theo ist beim Segeln. Die Kinder sind bei meinen Eltern!", meinte Corinna stöhnend. „Nicht auszudenken, wenn es anders wäre!"

„Wann sind die kleinen Engel abzuholen?", fragte Bridget nach.

„Erst morgen am Nachmittag. Da wird auch Theo zurück sein." Corinna musterte ihre Freundin. „Wieso? – Sag schon, du führst doch was im Schilde!"

Statt einer Antwort zog Bridget den Gutschein der Edel-Boutique aus der Tasche.

„Lust auf einen Shopping-Exzess?" Bridget zog die linke Augenbraue hoch und setzte ihr süffisantestes Lächeln auf.

„Shoppen im ‚L'Habit Français'?" Corinna hatte den Schriftzug der Boutique auf der Scheckkarte entziffert. „Du spinnst wohl! Theo verdient gut, aber er ist kein Goldesel!", meinte sie noch ein wenig empört.

„Nur die Ruhe. Dimitri zahlt!", gab Bridget extra gelassen zurück. Kurz erfüllte Stille den Raum.

„Was heißt hier ‚Dimitri zahlt!'? Ich kenn mich gar nicht mehr aus!", sagte dann eine sichtlich erstaunte Corinna.

Es war Zeit, von der Einladung zu Dimitris Gartenparty zu erzählen, beschloss Bridget. Sie erzählte also von der Einladung, und dass sie eine Freundin mitnehmen konnte. Und dass es einen Dresscode gab, dem Frau am besten mit einem ausgedehnten Einkauf im ‚L'Habit Français' entsprach. „Ich gehe davon aus, dass diese Gutscheinkarte quasi ungedeckelt ist." Bridget winkte provokant mit der Scheckkarte in Richtung Corinna. Bridget wusste zwar nicht, ob die Scheckkarte ungedeckelt war, aber es war davon auszugehen.

„Du meinst also…", begann Corinna.

„Ich meine also", führte Bridget fort, „dass wir heute Nachmittag in diese Boutique gehen und uns einkleiden. Aber richtig, mit allem Drum und Dran. Und wenn wir am Abend nicht das mehrfache unserer Monatsgehälter ausgegeben haben, dann ist uns nicht zu helfen!"

Corinna war ein wenig mulmig. So eine Boutique war ganz und gar nicht ihre Kragenweite. Andererseits konnte sie sich Bridgets Begeisterung und Bestimmtheit nicht entziehen. Was war ein Shopping-Exzess auch schon gegen die ausschweifende Liebesnacht, die sie sich geleistet hatte? Er war im Grunde schon egal. „Na gut, wir treffen uns um 13:00 Uhr beim ‚ L'Habit Français'. Vorher muss ich eine Stunde schlafen und die Klamotten wechseln!"

„Braves Mädchen!", freute sich Bridget. Der Nachmittag versprach, vergnüglich zu werden. 13:00 passte ihr gut, denn sie hatte auch nichts gegen frische Kleidung und ein kleines Schläfchen einzuwenden.

KAPITEL 13: SHOPPING-EXZESS

Der Nachmittag hielt, was er versprach: Pumps und Sandaletten von Dolce&Gabbana, Michael Kors oder Valentino Garavani, Jeans von Isabel Marant Étoile und Paige, Shirts von Sportalm und Marc Cain, Kleider und Röcke von Ralph Lauren und Hugo. Jacken von Blauer und Colmar, Blazer von Stand Studio und Ganni: Das Luxus-Angebot dieser Boutique kannte keine Grenzen. Die zuständigen Damen waren sofort im Bilde, als Bridget den Gutschein zückte.

„Wir sollen die Damen für die Gartenparty einkleiden?", fragte eine stilvollendete ältere Dame.

„Ich denke, dass es das ist, was Dimitri sich erwartet.", antwortete Bridget.

„In der Tat. Ich soll sie überdies darauf hinweisen, dass der Gutschein für das gesamte Sortiment gilt. Unbeschränkt." Die feine Dame rümpfte an diese Stelle ein wenig ihr vornehmes Näschen, fuhr aber fort: „Ich persönlich halte dies zwar für übertrieben, aber Dimitri ist eben sehr großzügig. Wenn der Einkaufswert einen fünfstelligen Betrag erreicht, erwartet er sich allerdings ein Wochenende mit ihnen in seinem Landhaus. Auch das soll ich ihnen ausrichten."

„Das Wochenende kann er haben!", antwortete Bridget wie aus der Pistole geschossen. Die Modeberaterin machte ein kurzes Handzeichen in Richtung einer jüngeren Angestellten, welche daraufhin lautlos verschwand und wenige Augenblicke später zwei Gläser Champagner kredenzte. Bridget und Corinna nahmen einen Schluck und dann stürzten sie sich in einen Kaufrausch, der seinesgleichen suchte.

Stunden später bestiegen die beiden ein wenig beschwipst und schwer beladen mit Einkaufstaschen ein Taxi. „Ich frage mich noch immer, wann ich diese Luxusteile tragen soll!", rätselte Corinna.

„Aber das ist ganz einfach zu beantworten: Immer! Bei der Arbeit, zu Hause, einfach immer! Wer sagt, dass man in einer perfekt sitzenden Jeans von Hugo Boss nicht auch den Geschirrspüler ausräumen kann?", meinte Bridget grinsend. „Du wirst sehen, Theo wird dich mit ganz anderen Augen sehen. Wir sollten übrigens einmal gemeinsam zur Kosmetik gehen. Du musst mehr aus deinem Typ machen!"

„Sehr gerne – wenn Dimitri das nächste Mal einen Exklusiv-Gutschein für den Beauty-Salon spendiert, bin ich dabei!", lachte Corinna.

KAPITEL 14: GARTENPARTY

Bridget hatte sich für das Vintage-Sommerkleid von Vera Mont entschieden. Der fröhliche-bunte Blumendruck passte zur Stimmung des sich anbahnenden Abends. Es war ein heißer Tag gewesen und dieses Kleid war luftig-leicht, außerdem betonte es ihre Oberweite und ihre schmale Taille. Dazu trug sie rote Riemchen-Sandalen von Guiseppe Zanotti. Diese Treter waren totale Hingucker und passten farblich perfekt zum rötlich-orangen Blumendruck. Auch für die Auswahl der Accessoires hatte sich Bridget viel Zeit genommen, genauso für das Lackieren der Zehen- und Fingernägel, das Richten der Frisur und das Schminken. Sie sah in den Spiegel und wusste, dass ihr an diesem Abend kaum eine andere Frau das Wasser würde reichen können!

Ihre Gedanken wanderten zu Dimitri. Sie hatte über einen Monat lang nichts mehr von ihm gehört. Die gemeinsame Nacht, die Einladung und der dekadente Ausflug in die Boutique kamen ihr nun, mit dieser zeitlichen Distanz, wie ein wunderschöner Traum vor. Doch das alles war natürlich kein Traum gewesen: Die Einladung in ihrer Hand und die Mode auf ihrer Haut waren keine Einbildung, sie waren real. Ihr Handy läutete, das Taxi war da.

Corinna saß bereits im Taxi. Wie sehr sie sich doch in den letzten Wochen verändert hatte! Die beiden hatten im letzten Monat viel Zeit gemeinsam verbracht und Bridgets Lebensstil hatte merklich auf Corinna abgefärbt. Zu Beginn war sie noch skeptisch gewesen, was diesen Abend betraf. Dann aber hatte sie Blut geleckt. Nachdem sie alles arrangiert hatte – ihre Eltern nahmen sich freudestrahlend ihrer Enkelkinder an und Theo konnte sein Glück über ein weiteres Segelwochenende kaum fassen – hatte sie nur noch diesen Abend im Kopf. Sie hatte sich sogar aufs Fahrrad gequält und zwei, drei Kilo abgespeckt, um auf dieser Party bestmögliche Figur machen zu können.

„Du siehst gut aus!", lobte Bridget ihre Freundin, nachdem sie ins Taxi gestiegen war. „Wow! Und du erst!", staunte Corinna, nachdem sie Bridget gemustert hatte. „Der Abend kann kommen!", lachte diese. Das Taxi hatte sich längst in den Verkehr eingeordnet.

Die Fahrt führte sie raus aus der Stadt an die westliche Küste eines nahegelegenen Sees. Die herrliche Abendstimmung spiegelte sich im ruhigen Wasser und sofort drang gedämpft, aber deutlich wahrnehmbar, fröhliche Tanzmusik an ihre Ohren. Elegante Automobile standen auf einer Fläche direkt vor der Villa, einige Limousinen hatten auch am Straßenrand geparkt.

„Gut, dass ich nicht mit meinem rostigen Polo gekommen bin!", kicherte Corinna. „Dann würde der Gorilla da am Eingang sicher glauben, ich gehöre zum Catering!"

„Unsinn! Die siehst nicht aus wie eine Dame vom Catering. Glaube nicht, dass die Dolce&Gabbana tragen!", entgegnete Bridget und musterte skeptisch den Typen von einer bekannten Sicherheitsfirma, der gemeinsam mit einer eleganten Dame am Gartentor die Einladungen checkte. Eine Party mit Sicherheitsfirma? Das kam Bridget doch ein wenig übertrieben vor. Da die Herrschaften allerdings sehr freundlich waren, verflüchtigte sich ihre Skepsis sofort wieder.

„Wow! Sieh' dir das Haus an! Der Garten! Der Pool! Oh mein Gott, hier gehe ich nie wieder weg!", jubelte Corinna, völlig aus dem Häuschen. Bridget nahm ihre Freundin zur Seite: „Bleib' cool und tu so, als ob ein solches Ambiente völlig normal für dich wäre. Du musst dir sagen, dass du dir genau dieses Niveau verdient hast, und nicht ein Prozent weniger! Ansonsten glauben die Gäste hier, wir sind irgendwie zufällig auf die Einladungsliste geraten. Und wenn dich wer fragt, wer du bist und was du tust, dann sage einfach: „Ich habe mit Keith zu tun!" Das ist nicht einmal gelogen!"

Corinna grinste. Eine Dame vom Catering schwebte fast lautlos an ihnen vorbei, ein Tablett mit Champagnergläsern balancierend. Corinna schnappte sich ein Glas „Ich mach' mich dann mal auf die Suche nach Keith!" Einen Augenblick später war sie zwischen den zahlreichen Gästen verschwunden.

Bridget war über diesen raschen Abgang ihrer Freundin ein wenig überrascht. Andererseits war es ihr recht, dass sie jetzt ein wenig für sich sein und so richtig auf diesem Gartenfest ankommen konnte. Sie nahm sich auch ein Glas und begann, das Anwesen zu erkunden und die Leute in Augenschein zu nehmen. Ganz bewusst achtete Bridget auf ihren Gang und ihre Haltung. Die Hüfte dezent schwingen lassen, Schultern nach hinten, Brüste raus. Das galt in jeder Landdisco und das galt natürlich auch hier. Sie nippte am Glas und betrachtete zuerst das Haus. Designervilla, soviel war klar. Sie hatte einmal in einer Architektur-Magazin eine Villa von Daniel Liebeskind gesehen, die sah ähnlich aus. Viel Glas und Beton, aber auch edler Marmor und Stahl. Sehr modern. Holzelemente verbanden das Bauwerk optisch mit der ländlichen Umgebung. Stylisch und sicher sehr teuer. Für ihren Geschmack ein wenig steril, aber sie war es ja nicht, die hier ihre Zeit verbringen musste. Für eine Liebesnacht würde sie natürlich schon bleiben. Apropos Liebesnacht – wo war eigentlich Dimitri?

Diese Frage legte ihre Aufmerksamkeit auf die anderen Gäste. Keine Frage: Was hier an Luxusklamotten, Schmuck, Uhren und Schuhen aus Edelmanufakturen zur Schau getragen wurde entsprach dem Bruttonationalprodukt eines afrikanischen Entwicklungslandes. Dekadenz, wohin das Auge reichte. Bridget nippte an ihren Glaus. Das war genau das, was sie heute brauchte: Überfluss, Überschwang und Übertreibung!

Bridget bewunderte den gepflegten Rasen, die gekonnte, aber minimalistische Anordnung von exotischen Zierpflanzen und die zwei Lichtskulpturen, die am Rande des Pools standen. Gerade schweifte ihr Blick zum Bootshaus, das architektonisch zur Villa passte und von hübschem, indirekt beleuchtetem Schilfgras gesäumt wurde, als sie plötzlich eine herzhafte Umarmung und einen Kuss auf den Nacken spürte. Dimitri! Bevor sie ihn sah, konnte sie seinen männlichen Duft wahrnehmen. Schlagartig wogten die Erinnerungen an den Sex mit ihm durch ihren Körper. Sie fühlte sich in seinen Armen geborgen und erregt, sie sehnte sich nach Intimität. Das mit der Erregung war keine Überraschung, Vagina und Klitoris brauchten dringend ein männliches Verwöhnprogramm. Aber die Geborgenheit? Die ließ sie eigentlich nur bei Nate zu. Egal. Sie wand sich aus der Umarmung, um Dimitri in die Augen sehen zu können. Sie erwartete sich funkelnde Augen und doch zurückhaltende Blicke, ein dezentes Lächeln, eine perfekte Frisur, elegante Kleidung.

Dimitri wirkte aber gestresst. Er versuchte, herzlich und freundlich zu sein, konnte aber seine Unruhe und Fahrigkeit nicht verbergen. „Hallo, schöne Frau! Du siehst fantastisch aus, es freut mich, dass du es dir einrichten konntest!" Die Begrüßung klang zwar ehrlich, er schien aber von irgendetwas abgelenkt zu sein. Nervös blickte er auf das Handy, das genau in diesem Moment zu vibrieren begann. „Ich bin gleich bei dir! Bei mir ist heute leider unglaublich viel los. Es gab ein paar Pannen und Probleme. Ich kann das sicher gleich regeln, dann kann der Abend beginnen!", meinte er hastig. Bei den letzten Worten sah er Bridget gar nicht mehr an, sondern ließ rasch seine Blicke schweifen – so, als ob er jemanden suchen würde. Er küsste Bridget kurz, dann hetzte er davon.

Bridget spürte Enttäuschung aufkommen. Doch Emotionen, die sie verletzlich machten, ließ sie nicht zu. Nicht die Sehnsucht nach der Geborgenheit in Dimitris Armen, noch die Enttäuschung, als Dimitri wieder von ihr ablassen musste. Dimitri sollte ein Sex-Toyboy sein und auch bleiben, das war der Plan. Alles andere würde nur zu emotionalem Stress führen. Bridget machte noch einen Schluck und stellte fest, dass das erste Glas schon leer war. Sie musste langsamer machen, sonst würde der Abend bald gelaufen sein.

Sie beobachtete, dass Dimitri in der Nähe des Bootshauses mit zwei Männern heftig diskutierte. Die Blicke der Männer wanderten immer wieder auf ihre Mobiltelefone. Dann eilte Dimitri davon. Er ging ins Haus und einen Moment später ging im ersten Stock des Gebäudes das Licht an. Die große Glasfront erlaubte einen Blick in den beleuchteten Raum, es war offensichtlich ein Home-Office. Tatsächlich setzte sich Dimitri gerade an seinen PC. Er telefonierte und gestikulierte dabei. Er sprang auf uns setzte sich wieder. Bridget ahnte, dass es heute keinen gemeinsamen Abend mit Dimitri geben würde.

Bridget ging an die Bar. Sie bestellte sich jetzt doch den nächsten Drink. Aber sie brauchte was Stärkeres als

Champagner. Ein hübscher Barmann mit afrikanischem Teint und dunklen Augen, beeindruckendem Bizeps und charmantem Lächeln zauberte ihr einen Drink, der zuerst ein wenig nach Limette und im Abgang nach Vanille schmeckte. Eine seltsame Kombination, aber herrlich aromatisch und gemeingefährlich hochprozentig. Bridget nippte nur und versuchte, den Drink in Milliliter-Portionen zu genießen.

Dann ermahnte sie sich, trotzdem das Beste aus dem Abend und der Nacht zu machen. Sie konzentrierte sich darauf, auf ihrem Barhocker gute Figur zu machen. Vielleicht würde sie von einem charmanten Herrn zum Tanz aufgefordert? Die Live-Band war hervorragend und ein Tanz durch diese laue Sommernacht wäre jetzt ganz nach ihrem Geschmack. Sie blickte sich um. Welchen Herren sollte sie zuerst einladende Blicke schenken?

Statt einem geeigneten Exemplar der Gattung Mann gerieten Corinna und Keith in Bridgets Fokus: Halleluja, die beiden tanzten, küssten und grapschten sich über die Tanzfläche, dass es die hellste Freude war! Fast machten die beiden ein Eindruck, sie könnten sich in jedem Moment gegenseitig die Kleidung vom Leib reißen. Corinna würde heute den nächsten Seitensprung schaffen, darüber gab es bereits jetzt, eine Stunde, nachdem die Party begonnen hatte, keinen Zweifel mehr.

Apropos Party: Hatte Dimitri damals nicht von einem Barbecue gesprochen? Von einem Grillfest war nirgendwo etwas zu bemerken. Vermutlich hatte es eine Planänderung gegeben, denn die Leute vom Catering schleppten nicht nur Champagner und andere Getränke über Terrasse und Garten, sie boten auch exquisit aussehende Finger-Food-Kreationen an.

Bridgets Blick wandern wieder hinauf zum beleuchteten Büro. Die Lage schien sich sogar noch verschärft zu haben.

Jetzt war ein anderer Mann bei Dimitri im Büro. Die beiden führten keine Diskussion mehr, das war ein offener Streit! Dimitri schien erregt zu sein, er lockerte den Knoten seiner Krawatte und schlug mit offener Hand auf den Tisch. Bridget wandte sich ab. Was sie sah war nicht dazu angetan, in Partylaune zu kommen. Sie ertappte sich beim Gedanken, die Party vorzeitig zu verlassen. Doch es kam nicht dazu.

„Darf ich die Dame um einen Tanz bitten?" Eine tiefe Stimme mit leichtem britischem Akzent hatte auf höchst sorgfältig artikulierte Weise diese Bitte geäußert. Bridget bildete sich ein, den druckvollen, glasklare Bariton auf der Haut ihres Dekolletés fühlen zu können. Instinktiv fasst sie sich mit ihren sorgfältig gepflegten Händen an ihren Halsschmuck, so als ob sie versuchen würde, den Bariton des Mannes zu fassen.

Der Mann, der aus dem Nichts vor ihr aufgetaucht war, war sicher schon um die 60 Jahre. Aber wie sensationell er sich gehalten hatte! Er sah sportlich aus und seine Haut war vermutlich von vielen Outdoor-Aktivitäten so braun geworden. Lord Sinclair S. Whitley – das war sein Name, wie Bridget wenig später in Erfahrung brachte – war nicht ganz so groß wie Dimitri, aber doch an die 1,85. Sein Anzug saß perfekt, sein Duft war klassisch-herb, ohne altmodisch zu sein. Der Typ hatte Stil. Wenn er jetzt noch tanzen konnte, war der Abend geritzt!

Sinclair S. Whitley konnte tanzen – und wie! Er war aber auch ein Meister der charmanten Konversation und des Small-Talks. Ein Gentleman vom Scheitel bis zur Sohle. Bridget fühlte sich wohl, merkte aber auch, dass er auch fragwürdigere Ziele verfolgte: Er versuchte sie, mit Cocktails abzufüllen. Er tat dies geschickt und beinahe wäre er mit seiner Strategie erfolgreich gewesen: Ein, zwei wunderbare Tänze - wenn Bridget etwas erhitzt von der Tanzfläche kam, stand der nächste Cocktail schon parat. Durst mit diesen Cocktails zu löschen war keine gute Idee. Trotzdem fand der liebe Lord immer wieder einen Grund, mit Bridget anzustoßen.

Bridget war schon ziemlich blau, als sie das Spiel des Lords durchschaute. Der begann nun, sich für die Art der Beziehung zu interessieren, die sie mit Dimitri unterhielt. Das irritierte Bridget. Sie entschuldigte sich und gab vor, kurz auf die Toilette zu gehen. Mit Entsetzen stellte sie fest, dass sie schon ein wenig wackelig auf den Beinen war, ihr Verstand war aber wieder hellwach. Auf der Toilette sperrte sie sich in eine Kabine und googelte nach Sinclair S. Whitley. Es war, wie sie vermutet hatte: Es gab einen solchen Lord nicht. Sie wollte ihr Mobiltelefon gerade wegräumen, da kam sie auf die Idee, auch mal im Internet nach Dimitri Wolkow zu suchen. Warum hatte sie das nicht längst getan, schoss es ihr durch den Kopf. Manchmal staunte sie über ihre eigenen Nachlässigkeiten, wo sie doch so viel Wert legte, ihr Leben völlig unter Kontrolle zu haben.

Dimitri Wolkow, den gab es tatsächlich. Großindustrieller, Herr über einen verworrenen und verwinkelt konstruierten multinationalen Konzern, mit zahlreichen Unternehmen und Subunternehmen. Ein Mischkonzern durch und durch – es gab beinahe keine Sparte, in denen Dimitris Unternehmen nicht ihre Finger im Spiel hatten: Internet, IT und Künstliche Intelligenz, Pharmazie, Rüstung- und Verteidigung, Luxus-Konsumgüter, Gastronomie, Glücksspiel. Das Spektrum war umfassend und vor allem in Großbritannien war die Justiz hinsichtlich der Legalität so mancher wirtschaftlichen Aktivität des Unternehmens im Zweifel. Nachweisen konnte man Dimitri nichts. Auch nach vielen Jahren voller Ermittlungen und Nachforschungen. Über das Privatleben wusste Google nicht viel zu berichten, selbst die Yellow Press tappte im Dunkeln. Tauchten nicht fundierte Gerüchte in den

Medien auf, erschienen Dimitris tüchtige Anwälte in den Redaktionsstuben und klatschten den Schmierfinken der Boulevardmedien geharnischte Klagen auf den Tisch. Selbst in den Sozialen Medien war man mit Fakenews über Dimitri und sein Firmenimperium vorsichtig geworden.

Bridget steckte ihr Mobiltelefon in ihre Liebeskind-Tasche. Sie hatte mehr als zwanzig Minuten mit ihrer Recherche zugebracht. Nun fühlte sie sich wieder etwas nüchterner als zuvor. Bridget nahm einen Schluck Wasser auf dem Hahn und verpasste sich ein paar Spritzer ins Gesicht. Dann frischte sie ihr Makeup auf und legte ein wenig Duft auf. Sie sah sich in den Spiegel und atmete tief durch. Der Abend hatte es in sich gehabt, aber auf eine andere Weise, als Bridget erhofft hatte. Schnell noch richtete sie den Träger des BHs, der ein wenig verrutscht war. Sie wollte noch mal kurz auf die Party zurück, würde diesem Lord aber aus dem Weg gehen. Bridget hatte aber nicht mehr vor, lange zu bleiben.

KAPITEL 15: 28 SCHLÄGE

Als sie die Toilette in einem etwas abgelegeneren Teil des Erdgeschosses der Villa verließ, stand Dimitri vor ihr. Jetzt sah er so aus, als ob es nie Ärger gegeben hätte: Elegant, in sich ruhend, mit wohltemperiertem Gemüt und glaubenswürdiger Gelassenheit. Seine Augen aber waren voller Temperament. Er fasste Bridget an die Hüften, zog sie an sich heran und küsste sie.

Der Kuss hatte es in sich und Bridget merkte, dass sich ihr Körper und ihre Seele nach mehr sehnten. Bridget merkte, dass alle Organe, die für einen intensiven und ausgedehnten Fick von Nöten waren, rasch hochgefahren wurden. Das Nachbessern ihres Looks war jedoch umsonst gewesen, ging es ihr noch durch den Kopf, als sie spürte, dass Dimitri seine Hand unter ihr luftiges Kleid schob.

„Oh, kein String? Böses Mädchen!", flüsterte er. Dann nahm er Bridget an die sexuell noch unbefleckte Hand. „Komm mit!", sagte Dimitri. Es war keine Bitte und auch kein Angebot, es war eine Aufforderung – inhaltlich wie auch im Tonfall.

Dimitri führte Bridget in den ersten Stock. „Ich würde dich jetzt gerne auf dem Schreibtisch nehmen, aber dann würde uns die ganze Partygesellschaft zusehen, inklusive Lord Whitley!" Dimitri gab Bridget auf diese Weise zu verstehen, dass er über

Bridgets Begegnung mit dem feinen Lord im Bilde war. Er schien ihr daraus aber keinen Strick drehen zu wollen.

Sie betraten einen abgesondert zu betretenden Bereich, wohl die privaten Räume des Hausherrn. Das Schlafzimmer war riesig, der begehbare Schrank ebenso. Vom begehbaren Schrank führte eine großzügig breite Glastür in das Badezimmer, dass eher die Ausmaße eines kleinen Wellnessbereichs hatte. Bridget nahm all diesen architektonischen Luxus nur beiläufig und unvollständig wahr, da Dimitri alles tat, um ihre Aufmerksamkeit zu erregen. Er tat dies sehr geschickt: Mit Küssen, Blicken, Berührungen. Er erkundete ihren Körper mit all seinen Sinnen. Sanft berührte er mit seiner Nasenspitze ihre Wange – exakt dort, wo sie ein wenig Duft aufgefrischt hatte. Er tastete über die Kurven ihres Pos.

Bridget genoss diese Zärtlichkeiten, hoffte aber, dass er bald zur Sache kam. Wie bei ihrer ersten erotischen Begegnung schien Dimitri ihre Gedanken lesen zu können. Er nahm sie an den Schultern und bewegte sie zu einer halben Körperdrehung. Nun hatte Dimitri ihren wohlgeformten Rücken und ihren Po vor sich. Genüsslich ließ er Bridget seine Erektion spüren – sein Glied war prall und heiß. Er küsste sie in den Nacken. Im nächsten Moment nahm der Abend eine unerwartete Wendung: Dimitri schlang einen weichen Seidenschal um ihren Kopf und hatte im Nu ihre Augen verbunden.

„Was wird das?", fragte Bridget. Zwar hatte sie zu Dimitri – auch wenn sie ihn kaum kannte – Vertrauen und überdies hatte Alkohol auf sie meist die Wirkung, dass sie noch mehr Vertrauen zeigen und sich in eine passivere Rolle begeben konnte. Aber verbundene Augen fühlten sich für sie riskant an, weil damit besonders viel Kontrollverlust verbunden war. Sie versuchte, tief durchzuatmen und Dimitri gewähren zu lassen. Er würde sich sicher bestens um sie und ihre Geilheit kümmern, versuchte sie sich zu beruhigen.

„Keep Cool. Wenn ich etwas mache, was dir absolut nicht passt, sag' einfach ‚Birdie'!" Dimitri hatte Humor: Er schlug ihr ein Safe-Word vor und spielte gleichzeitig auf die Golfpartie an, die er bei seiner ersten Begegnung mit ihr verloren hatte. Bridget lachte und brachte noch ein kurzes „Einverstanden, mach weiter!", über ihre Lippen.

Sie konnte Dimitri nicht mehr sehen, nur noch riechen, hören und fühlen. Er begann, den Reisverschluss ihres Kleides zu öffnen. Wie immer war er in diesen feinmotorischen Dingen sehr geschickt und einfühlsam. Erstaunlich, dass diese Hände beim Spanking so zuschlagen konnten. Würde sie heute auch etwas in der Art erwarten? Wieder atmete Bridget tief durch in der vergeblichen Hoffnung, dass sie ihren sexuellen Erwartungsdruck einfach würde wegatmen können. Yoga aber half da nichts, ihre Sexualhormone hatten längst ihre Arbeit aufgenommen.

Dimitri half ihr aus dem Kleid. Da sie keinen String trug, hatte sie nur noch ihren BH und ihre Riemchensandalen an. Sie wettete, dass der BH als nächster dran war – und sie sollte recht behalten. „Sehr hübsch!", sagte Dimitri leise und hörbar erregt, als sie nun nackt vor ihm stand. Nackt, wenn man eben von Sandalen und Augenbinde absah.

Bridget rührte sich nicht und stand nur da. Sie spürte, wie sie von Dimitri umkreist wurde, wie ein Raubtier seine Beute umkreiste. Er war so nahe, dass sie ihn nicht nur atmen und riechen konnte, ihre Haut registrierte sogar seine Körperwärme. Bridget war voller Erwartung. Sie wollte berührt werden. Überall. Sofort.

Doch Dimitri ließ sich Zeit. Dann spürte Bridget, wie er nach ihrem rechten Handgelenk fasste und ihr eine Manschette oder Fessel anlegte. Das gleiche tat Dimitri mit der anderen Hand. Die Handgelenksfesseln wurden mit einer Kette verbunden. Bridgets Herz begann noch stärker zu pochen, aus ihrem Schoss quoll der Liebessaft. Noch mehr Kontrollverlust, noch mehr Angstlust, noch mehr Geilheit – die sexuelle Erwartung wurde immer quälender. Sie wollte einfach so schnell wie möglich von dieser unbändigen Lust befreit werden. Gleichzeitig wusste Bridget aber, dass Dimitri dies noch nicht zulassen würde.

„Arme hoch!", befahl Dimitri und Bridget gehorchte ohne Umschweife. Er hatte sie längst in sein sexuelles Spielzeug verwandelt. In Bridget lehnte sich dagegen nicht der geringste Widerstand auf, im Gegenteil.

Bridget streckte also die aneinander gefesselten Arme über ihren Kopf und im Nu war sie an einem Karabiner, einem Hacken oder einem Seil, das von der Decke hängen musste, fixiert worden.

Ihre Sexualhormone hatten in jeder Faser ihres Körpers das Kommando übernommen: In einem Moment spürte Bridget die Gier nach noch mehr Lustgewinn, im nächsten Moment ersehnte sie die Erlösung von den Qualen eines unerfüllten Orgasmus. Wieder schlich Dimitri um sie herum, sie spürte es. Er betrachtete sie eingehend von allen Seiten, da war sie sich sicher. Plötzlich hörte sie ein lautes Klatschen, das von einem heftig brennenden Schmerz auf ihrer Pobacke begleitet wurde. Das war keine Hand, die sie da gespürt hat, schoss es Bridget durch den Kopf.

„28.476 Euro? Wirklich?", fragte Dimitri langsam.

„Aber die Dame meinte, …", begann Bridget. Doch da spürte sie einen weiteren Schlag, diesmal auf der anderen Pobacke.

„Ich will keine Rechtfertigungen hören! Du bist süchtig nach Luxus und Überfluss. Und kennst keine Grenzen.

Außerdem bist du sexuell unersättlich!" Wieder ein Schlag auf den Po.

Schweigen. Bridget wusste, dass Dimitri keine Antwort erwartete. Außerdem hatte er recht, in allem, was er sagte.

„28 Schläge. Einen für jeden Tausender, den du in dieser Boutique durchgebracht hast."

In Bridgets Kopf wirbelten so viele Gedanken und Gefühle durcheinander: Sie wollte bestraft werden. Sie wollte verschont werden. Sie wollte geliebt werden. Sie wollte gezüchtigt werden. Sie wollte Streicheleinheiten und Zärtlichkeiten. Sie wollte hart gefickt werden. Sie wollte befreit werden und gefesselt bleiben. Sie wollte Kontrolle und gleichzeitig völlig ausgeliefert sein. Und sie spürte diese unbändige, grenzenlose sexuelle Lust.

28 Schläge. Dimitri verlangte, dass sie laut mitzählte. Ihr schwerer Atem wurde zu einem Stöhnen – sie brachte die Zahlen kaum mehr über ihre Lippen. Ihr Hals war trocken, ihre Stimme heiser.

Die ersten Schläge schmerzten. Dann glühte ihre Haut und der Schmerz der Schläge drang nur noch als heftiges Kribbeln in ihr Bewusstsein vor. Das Gefühl der Bestrafung und Züchtigung heizten die Wogen sexueller Lust weiter an.

Nach den 28 Schlägen ließ Dimitri von ihr ab. „Tapferes Mädchen!", lobte er sie. „Mach den Mund auf. Trink' einen Schluck!"

Bridget warf den Kopf nach hinten und öffnete gierig den Mund. Es war kein Wasser, dass ihr Dimitri in den Rachen leerte, sondern Champagner. „Mein dekadentes Mädchen gibt sich doch sicher mit Wasser nicht zu zufrieden, oder?" Dimitris Stimme klang hämisch. Bridget konnte nicht so schnell schlucken wie der Champagner aus der Flasche schoss. Die kühle, aber klebrige Flüssigkeit ran über ihr Kinn und die nackten Brüste und nahm den Weg über ihren Nabel bis zu ihrer Lustspalte.

Sie hörte, dass Dimitri die Flasche abstellte. Er begann, ihr den Champagner von der Haut zu küssen und zu lecken. Erst waren ihre Lippen dran, dann ihr Hals, ihr Busen, ihr Nabel. Dann küsste er ihren Venushügel. Bridget spürte seine Zunge. Ihr Saft hatte sich sicher mit dem Champagner vermischt. Dimitri verwöhnte sie hingebungsvoll mit Lippen und Zunge. Er schenkte ihr aber nicht den ersehnten Orgasmus.

Wieder ließ er von ihr ab. Was wollte er noch? Ihr ganzer Körper bebte, sie war völlig wehrlos, Sexualhormone und Sekt hatten sie hingebungsvoll und willig gemacht.

Tatsächlich holte Dimitri sie nun vom Hacken. Er entfernte die Kette, beließ die Fesseln aber an den Handgelenken. Er öffnete die Augenbinde. Dimitri deutete auf das Bett. Bridget ließ sich fallen.

„Beine auseinander!", sagte Dimitri. Sie spreizte ihre Schenkel, Dimitri kletterte über sie und beglückte sie mit seinem prächtig geschwollenen Schwanz – endlich! Er stieß schonungslos zu und schon nach wenigen Momenten wogte ein heftiger Orgasmus durch Bridgets Körper. Die aufgestaute Lust hatte sie wie das Wasser eines gebrochenen Damms getroffen. Dimitris Lust ergoss sich wenige Momente nicht weniger heftig in ihren Schoss.

Ruhe kehrte ein. Aus hektischer Liebesaktivität war Erschöpfung und Entspannung geworden. Amor und Eros konnten sich zufrieden zurücklehnen: Dimitri und Bridget hatten den beiden Göttern der Liebe alle Ehre erwiesen.

Wieder erwachte Bridgets in Dimitris Bett. Diesmal war er aber nicht überrascht, dass sie rasch nach Hause wollte: Der Samstag und die Nacht waren auf vielfältige Weise anstrengend und intensiv gewesen, für beide. Bridget brauchte den Sonntag dringend zur Erholung: Am Abend kam Nate mit der Kleinen aus dem Wochenende retour und morgen ging es wieder in die Arbeit. Bridget fühlte sich erschöpft, ein wenig verkatert und vor allem sexuell restlos befriedigt. Neben der Erschöpfung spürte sie aber auch, wie sich eine kleine Energiequelle in ihr öffnete und sekündlich größer wurde: Es war die Freude auf ihren Mann und ihre Tochter. Jetzt, wo sie ihre sexuellen Triebe befriedigt hatte, regte sich die Sehnsucht nach der Familie und sie spürte diese ganz andere Form der Liebe. Sie fühlte sich nun wieder bereit und offen, auf Nate und Sarah eingehen zu können und ihnen ihre Zuneigung zu schenken. Auch würde sie morgen in der Früh wieder bereit sein, ihre Arbeit mit Engagement und Freude anzugehen. Bridget huschte ein Lächeln über die Lippen, als die das Taxi vor Dimitris Villa bestieg und den Heimweg antrat. Sie liebte diese exotischen, wilden Wochenenden, weil sie Platz schafften für die liebevollen und empathischen Anteile ihrer Persönlichkeit. Es war Zeit, nach Hause zu kommen.

KAPITEL 16:
FREUNDSCHAFTSDIENST

Wochen der Routine zogen ins Land. In der Arbeit gab es viel zu tun und auch die Familie nahm Bridget sehr in Anspruch. Es gab vergleichsweise wenige Möglichkeiten für Bridget, ihre Weiblichkeit zum Ausdruck zu bringen: Natürlich erschien sie immer wie aus dem Ei gepellt zur Arbeit, auch gab es die eine oder andere geschäftliche Verabredung in einem Restaurant oder Café mit gediegenem Ambiente, aber Gelegenheit für die Befriedigung ihrer sexuellen Bedürfnisse gab es „nur" mit Nate. Nicht, dass der Sex mit ihrem Mann schlecht gewesen wäre, im Gegenteil. Bridget und Nate wussten aber, dass man sich ab und zu auch durch das außereheliche sexuelle Angebot kosten musste, um auch zu Hause wieder ordentlich Appetit zu haben. Dass Bridgets Appetit für kleine sexuelle Leckerbissen außerhalb des Ehebetts größer als jener von Nate war, stand außer Diskussion.

Dimitri ließ auch nicht von sich hören. Bei ihrem letzten Wiedersehen hatte er erzählt, dass er viele Geschäftsreisen zu absolvieren habe. Ganz abgesehen davon hatte Dimitri keinen fixen Wohnort: Er besaß mehrere Häuser und Wohnungen und er wechselte flexibel zwischen den Standorten - nach beruflichem Bedarf, dem Wechsel der Jahreszeiten oder seinem Bauchgefühl folgend. Dimitri versprach aber, sich wieder bei Bridget zu melden.

Ein wenig schlechtes Gefühl hatte Bridget, was Dimitri betraf: Ihr Deal mit Nate beinhaltete natürlich sexuelle Abenteuer außerhalb ihrer Beziehung. Ausgemacht waren im Grunde aber One-Night-Stands mit anderen Partnern. Bei Bridgets Techtelmechtel mit Dimitri handelte es sich schon längst nicht mehr nur um einen One-Night-Stand. Und der Plan, ihn wieder zu sehen, passte in dieses nicht ganz gerade hängende Bild. Bridget versuchte die Tatsache, dass sie die Grenzen ihrer Abmachung mit Nate überstrapazierte, auszublenden. Doch das nächste Date mit Dimitri ließ noch auf sich warten.

Ausgerechnet Corinna, die früher so brave Corinna, half Bridget aus der sexuellen Dürrephase. Es war an einem Abend eines langen Arbeitstages: Nate brachte Sarah gerade zu Bett und Bridget surfte auf diversen Seiten von Herstellern luxuriöser Mode und dekadent teurer Schuhe, als ihr Handy vibrierte.

„Brauche sexuelle Verstärkung. Kannst du kommen? SOFORT! Das ist ein Notfall!"

Bridget staunte. Ihr Interesse war aber geweckt.

„?! was für ein Notfall?", tippte Bridget hastig.

„Sitze an der Bar und habe ZWEI Typen an der Angel! Meinen Fitnesstrainer UND seinen Kumpel. Die beiden finden, ich solle eine Freundin auftreiben – dann wäre der Sex spaßiger. Bist du dabei? BITTE! Ich brauchte DRINGEND einen der beiden!"

Bridget sah auf die Uhr. Eigentlich war sie müde. Aber Sex mit einem jungen, muskelbepackten Fitnesstrainer klang lecker.

„Alles klar! Bin unterwegs. Halte die beiden noch eine halbe Stunde hin!" Zufriedenheit und Genugtuung durchströmte Bridget. Endlich gab es wieder eine Gelegenheit, den Alltag hinter sich zu lassen.

Bridget nahm den kleinen Mini und sauste in die Stadt. Als sie die Bar betrat, war sie angenehm überrascht. Sie kannte das kleine Lokal noch nicht – es war modern und intim. Beleuchtung und Einrichtung waren durchdacht, die dezente Musik sorgfältig zusammengestellt worden. Bridget hatte Corinna länger nicht mehr gesehen und verblüfft, wie gut sie aussah. Das Training tat ihr gut, sie war gut in Form. Auch in Sachen Kleidung hatte sie sich von Bridget einiges abgeschaut: Figurbetont, aber nicht aufdringlich brachte sie Corinnas körperlichen Vorzüge zur Geltung.

Die Männer waren allererste Ware. Bridget spürte eine angenehme Wärme genau dort, wo sie heute noch befriedigt werden wollte. Die beiden waren jung, sportlich. Der eine, Adrian, hatte die weicheren Gesichtszüge eines adoleszenten Jünglings. Seine Haut sah so weich und makellos aus – eine Augenweide. Der Kerl konnte maximal 25 Jahre alt sein. Bridget lief das Wasser im Munde zusammen.

Der andere, Liam, war etwas älter. Seine Gesichtszüge waren deutlich markanter und kleine Fältchen waren an den Augen und den Mundwinkeln zu entdecken. Dafür war er körperlich noch beeindruckender als sein jüngerer Kollege. Er war auch etwas gelassener in der Anwesenheit zweier attraktiver Frauen. Er hatte auch mehr zur Konversation in dieser kleinen, delikaten Runde beizutragen.

Nicht, dass es an diesem Abend viel Gelegenheit zur Konversation gab. Es schien eine stillschweigende Übereinkunft unter den Vieren zu geben, dass keine Zeit zu verlieren war. Das war auch nachvollziehbar, alle hatten einen langen Tag hinter sich und jetzt war es Zeit für einen kurzen

Fick. Bridget, Corinna, Liam und Adrian landeten in Liams recht geräumigen, aber äußerst spärlich möblierten Wohnung.

„2x2 oder 1x4?", frage Corinna aufgeregt, während Adrian bereits im Begriff war, sein T-Shirt über den Kopf zu ziehen und seine imposanten Oberkörpermuskel freizulegen.

Bridget musste lachen. „1x4 natürlich! Heute gebe ich mich nicht mit einem Schwanz zufrieden!", gab sie zurück, war aber im Gedanken längst schon bei Liam. Der schlüpfte gerade aus seiner LEVI's Jeans und was Bridget unter seinen engen Boxershorts entdeckte, war mehr als vielversprechend.

Corinna und Adrian starteten mit wilden Zungenküssen. Liam hingegen ließ es eine Spur langsamer angehen. Genüsslich befreite er Bridget aus ihrer Kleidung, schob erstaunlich zärtlich ihre Haare zur Seite und begann, sie im Nacken zu küssen. Seine andere Hand schob sich indes unter ihren BH und begann, ihren rechten Busen zu massieren. Bridget wiederum fasste Liam in den Schritt. Sein bestes Stück war längst zum Leben erwacht und nun sorgte sie mit geübter Fingerfertigkeit dafür, dass sich bei Liam eine Erektion einstellte, die ihren Ansprüchen genügen würde.

Corinna lag in der Zwischenzeit breitbeinig auf dem Sofa. Adrian kniete zwischen ihren Beinen auf dem Boden und verwöhnte sie ausgiebig mit der Zunge. Er schien in Sachen Cunnilingus ein wahrer Experte zu sein, denn Corinna wälzte sich vor Wonne von links nach rechts und Adrian hatte trotz seiner mächtigen Bizeps Mühe, ihr Becken in Stellung zu halten. „Was für ein verdorbenes Mädchen Corinna doch geworden ist!", dachte Bridget.

Bridget selbst begann ihrerseits gerade, sich oral zu betätigen: Liams Shorts waren bereits achtlos ins Eck geworfen worden und da stand er nun, in voller Pracht. Bridget hatte gerade losgelegt, da nahm sie mit Erstaunen wahr, dass sich ein zweiter Schwanz in ihr Gesicht drängte: Adrian hatte

Corinna offenbar das erste Mal die Sternchen sehen lassen. Ihre Freundin brachte nun eine kleine Pause, Adrian aber hatte längst noch nicht Lust auf ein Verschnaufen.

Bridget blickte kurz hinüber zu Corinna: Diese lag schwer atmend und erhitzt auf dem Sofa, sie lächelte aber zufrieden und streckte Bridget den ausgetreckten Daumen hin. Es war also Zeit, dass sich Bridget den beiden Schwänzen widmete.

Sie kniete nun zwischen den beiden stehenden Männern. Jede Hand hatte ein Glied umfasst und Bridget musste sich konzentrieren, beide zärtlich und doch bestimmt zu masturbieren. Einmal bekam der Penis auf der linken Seite ihre orale Aufmerksamkeit, dann wieder wurde das andere Glied geleckt und gelutscht.

Liam war es schließlich, der diesem Treiben ein Ende setzte. „Wir übersiedeln ins Bett. Da ist es bequemer!", meinte er nur. Adrian nutzte die Gelegenheit, um wieder nach Corinna zu sehen. Diese schien vom abrupten Ende ihrer Sex-Pause überrascht zu sein. Adrian hatte aber offenbar sehr gute Argumente und alsbald war wieder Corinnas ekstatisches Stöhnen zu vernehmen.

Bridget fand sich kniend im Bett wieder. Liam hatte sie mit seinen kräftigen Händen an den Hüften gepackt und ihr von hinten sein Glied in ihren Spalt geschoben. Bridget war in diese intensive Phase des Geschlechtsaktes getreten, in dem sich all ihre Sinne nach innen richteten, um alle sexuellen Reize tief in sich aufnehmen zu können.

Wenig später war die sexuelle Energie des triebhaften Kleeblatts abgeflaut. Adrian und Corinna waren eng umschlungen eingeschlafen. Bridget nahm eine schnelle Dusche, verabschiedete sich von gleichermaßen standhaften wie zuvorkommenden Liam und machte sich schnell auf den Heimweg. Morgen wartete ein weiterer Tag mit Job und Familie.

KAPITEL 17: RÄTSEL ÜBER RÄTSEL

Einige Tage später stand ein großes Paket vor der Eingangstür des Einfamilienhauses am Stadtrand, das sich Bridget und Nate vor einigen Jahren mit Hilfe seiner Eltern hatten kaufen können. Eine Lieferung von einem Paketdienst war nichts Besonderes - auch nicht die Tatsache, dass Bridget keine wie auch immer geartete Lieferung erwartete. Manchmal bestellte Nate etwas für die Kleine oder für sich.

Als Bridget das Paket öffnete, war schnell klar, dass es für sie bestimmt war: Darin befanden sich Schuhe von Balmain Paris, eine Handtasche inklusive passendem Portemonnaie von Givenchy, ein Kleid von Gauge 81, zwei Tops von Emilio Pucci, Strumpfhosen und Bodys von Wolford. Fassungslos holte Bridget die Luxusteile aus dem Karton. Die gelieferte Mode hatte die richtige Größe und es waren ohne Ausnahme Stücke, nach denen sie an einem der vergangenen Abende im Internet gesucht hatte. Irgendwer musste Einblick in ihre Internetaktivitäten haben! Am ehesten war das natürlich Nate: Ihr Mann war aber nicht der Typ für derartige Spionage- und Stalker-Aktivitäten. Außerdem hatte er von Luxus-Mode keine Ahnung. Ganz abgesehen davon würde er mit seinen moderaten Einnahmen als Berufsmusiker nicht soviel Geld für Kleidung ausgeben wollen.

Bridget überlegte, ob sie die ganze Lieferung retournieren sollte. Aber da merkte sie, dass dem Karton keine Rechnung beilag. Auch fand sich kein anderer Hinweis auf die Herkunft. Also beschloss sie die Sachen in Ruhe auszupacken und mal anzuprobieren. Wie zu erwarten war, passten ihr die Teile perfekt. Bridget kannte ihre Lieblingslabel und wusste, dass es da keine unliebsamen Überraschungen wie zu kurze Ärmel oder zu enge Bünde geben würde. Das Leder der Handtasche war ein Traum, so weich und glatt!

Alles, was aus Leder war, wurde von Bridget kurz mit einem sanften Pflegemittel strapazier- und einsatzfähig gemacht. Die Mode kam in die Wäsche. Langsam fand sich Bridget mit dem großen Fragezeichen, was den edlen Spender betraf, ab. Ihr Hang zu Luxusartikeln hatte bereits so viele Glückshormone ausgeschüttet, dass die Freude über die überraschende Ergänzung ihrer Garderobe überwog.

Außerdem ahnte Bridget ohnehin, woher der Wind wehte. Dahinter stand vermutlich Dimitri. Er hatte das nötige Kleingeld für ein Geschenk dieser Größenordnung, er kannte ihren exquisiten Geschmack und er hatte sicher auch die Mittel, um Einblick in ihre Internetaktivitäten nehmen zu können. Was bildete er sich ein – so rücksichtslos ihre Privatsphäre zu missachten? Andererseits: das Kleid war so hinreißend und brachte ihre Beine so wunderbar zu Geltung. Und dann diese Oberteile: stilvoll mit einer Prise Sex-Appeal – einfach himmlisch. Vielleich würde sie Dimitri doch verzeihen können? Bridget spürte, dass sich in ihr etwas Sehnsucht nach Dimitri regte. Ein ausschweifender Abend mit ihm wäre eine gute Abwechslung, überlegte sie. Der Ärger über seine Eigenmächtigkeit war längst verflogen.

Ein paar Tage später wurde Bridget von ihrem Chef überraschend zu einem dringenden Gespräch unter vier Augen in dessen Büro gebeten. Als Bridget das Büro betrat, fiel ihr sofort auf, dass eine Flasche Champagner und zwei Gläser bereitgestellt worden waren. Ihr Boss, ein korrekter aber eher mürrischer Mann, strahlte über das ganze Gesicht.

„Diese Offerte von Dimitri Wolkow ist unglaublich. Ein Großauftrag von diesem Volumen für unsere kleine Firma – das katapultiert uns in die erste Liga! Bridget! Ist ihnen das bewusst?! Lassen Sie uns anstoßen!", sprudelte es aus ihm heraus. Er drückte ihr ein Glas und die Hand und erhob das seine.

„Auf Sie, liebe Bridget! Ich wusste, dass sie tüchtig sind! Aber einen Deal von dieser Größenordnung an Land ziehen, ich bin sprachlos! Jawohl, sprachlos!" Ihr Boss war völlig aus dem Häuschen und leerte das Glas mit einem Zug. Bridget nippte hingegen vorsichtig. Sie versuchte gerade, sich einen Reim aus dem machen, was hier gerade passierte.

Wie sich in der nächsten halben Stunde herausstellte, stieg Dimitris Mischkonzern in die Kreuzfahrt-Branche ein: Allerdings handelte es sich nicht um Billig-Kreuzfahrten für Frau und Herren Mustermann, sondern um Kreuzfahrten für eine betuchtere Klientel. Diese würde auf kleineren, aber viel besser ausgestatteten Yachten unterwegs sein, so war der Plan. Und die Firma, für die Bridget arbeitete, sollte eine IT-Gesamtlösung für alles liefern, was in den Bereich Unterkunft und Gastronomie fiel. Die Summen, von denen Bridgets Chef zwischen zwei weiteren Gläsern Sekt sprach, waren tatsächlich schwindelerregend.

Das alles war sehr erfreulich, aber Bridget rätselte noch immer, was sie damit zu tun hatte. Es war offensichtlich, dass ihr Boss davon ausging, dass er ihr diesen Deal zu verdanken hatte. Aber was genau er hinsichtlich ihrer Involvierung in diesen Deal glaubte, wusste Bridget noch immer nicht. Bridget beschloss, mit ihrem Chef noch ein Glas Champagner zu trinken. Vielleicht erfuhr sie dann mehr?

Letztlich kam ans Tageslicht, dass Dimitri Herrn Wringendorf, ihrem Chef, folgende Geschichte aufgetischt hatte: Er, Dimitri, habe Bridget beim Golf kennengelernt. Das war nicht ganz korrekt, aber immerhin halbwegs knapp an der Wahrheit, resümierte Bridget. Sie habe ihm über ihre Tätigkeit bei Wringendorf erzählt und ihn davon überzeugt, dass sie die besten EDV-Lösungen für die Branche Luxus-Tourismus und -Gastronomie bereitstellen konnten. Nun, es war korrekt, dass die EDV-Lösungen der Firma Wringendorf Spitze waren (immerhin hatte Bridget ihre Finger bei der Entwicklung im Spiel gehabt). Völlig erfunden war aber jener Teil der Geschichte, in dem sie Dimitri in einer Art Kundengespräch einen Deal mit Wringendorf schmackhaft gemacht haben soll.

Langsam wurde Bridget die Tragweite dieser Episode bewusst: Dimitri würde zwar eine gute Leistung für sein Geld bekommen, doch hätte er bei der Konkurrenz eine ähnliche Leistung zu vielleicht besseren Konditionen bekommen können.

Es schien so, als wollte Dimitri Bridget beruflich unter die Arme greifen und sie in das beste Licht rücken. Wringendorf war tatsächlich über die Maßen entzückt und hatte Bridget sofort eine Gehaltserhöhung sowie Boni und Extras der Sonderklasse in Aussicht gestellt. Ganz abgesehen davon würde sie selbstverständlich die Projektleitung übernehmen.

Trotzdem machte sich auch ein schales Gefühl in Bridgets Magengegend breit: Erst das Geschenk mit der Luxusmode, dann dieser Auftrag für Wringendorf: Bridget kam das erste Mal der Gedanke, dass Dimitri vielleicht mehr von ihr wollte, als sie bisher angenommen hatte. Das passte Bridget nicht, denn tiefe Gefühle hob sie sich für ihre Familie auf. Was sie von Männern wie Dimitri wollte, war etwas anderes: schöne Stunden in luxuriösem Ambiente, die Aufmerksamkeit von Männern mit Stil, hemmungslosen, befreienden Sex. Hatte

Dimitri das nicht verstanden? Tage später erfuhr Bridget, dass der Deal, auf den Wringendorf mit ihr angestoßen hatte, noch gar nicht unterzeichnet war.

Bridget lag gerade auf dem Sofa in ihrem Wohnzimmer, ihr Kopf lag in Nates Schoss. Die kleine Sarah war schon eingeschlafen und die beiden hatten sich vorgenommen, einen Wohlfühlabend zu Hause zu verbringen. Das war gar nicht so oft möglich, da Nate als Berufsmusiker abends regelmäßig mit seiner Jazzband in Clubs auftrat, um sein Gehalt als Studiomusiker aufzubessern.

Bridget hatte ihrem Nate nicht die ganze Geschichte erzählt. Bridget hatte ihm nur berichtet, dass ihr Chef einen Deal gefeiert hatte, der noch nicht mal unterzeichnet war. „Er stößt mit seinen Mitarbeitern auf einen Deal an, der noch nicht unter Dach und Fach ist? Das sieht dem alten Wringendorf gar nicht ähnlich!", staunte Nate, der Wringendorf einmal im Jahr auf dem Sommerfest der Firma zu Gesicht bekam. Bei Wringendorf hatte es sich eingebürgert, dass nicht zu Weihnachten mit der Belegschaft gefeiert wurde. Der Alte schmiss mit seiner Lady im Frühsommer ein Fest für seine Belegschaft – und zwar im Garten seiner Stadtvilla. Wringendorf war an diesen Abenden immer ausgelassen und redselig – Charakterzüge, die er normalerweise nicht zeigte. Nate kannte nur die freundliche Version und geriet mit dem Chef seiner Frau immer in angeregte Plaudereien.

„Aber nächste Woche soll es soweit sein!", meinte Bridget. „Der Termin steht! Ich muss da sein, Wringendorf hat mich für diesen Termin abkommandiert."

Nate staunte. „Das kommt aber sonst nicht vor, dass du bei diesen betriebswirtschaftlichen Entscheidungen dabei bist, oder?"

Nate hatte Recht. Bridget kam mit ihrem Team meist erst ins Spiel, wenn es darum ging, die Dinge zu erfüllen, die die feinen Herren in den Verträgen festgehalten hatten.

„Nein, das ist wirklich seltsam.", antwortete Bridget. Sie wusste aber ganz genau, warum sie dieses Mal dabei war. Dimitri hatte Wringendorf über seinen Anwalt ausrichten lassen, dass er Bridgets Anwesenheit bei der Unterzeichnung des Deals wünsche.

„Kann es sein, dass du vor einem Karrieresprung stehst, meine Liebe?", fragte Nate neugierig und lächelte Bridget fragend an. Bridget verstand, dass die Optik so eine Vermutung naheliegend machte. Diesmal blieb sie aber bei der Wahrheit, als sie Nate versicherte: „Keine Ahnung! – Weiß auch nicht!"

KAPITEL 18: LUXUS WIDER WILLEN

Wenige Tage vor der großen Vertragsunterzeichnung stellte Bridget im Büro erstaunt fest, dass in ihrem Zeiterfassungs- und Terminprogramm der ganze Tag der Vertragsunterzeichnung blockiert war: Der Deal sollte in einer Luxus-Suite eines Grand Hotels der Extraklasse stattfinden, und zwar um 17:00. Bridget hatte vor, vorher einen normalen Arbeitstag zu absolvieren. Das würde ihr helfen, sich abzulenken: Das bevorstehende Wiedersehen mit Dimitri bereitete Bridget eine seltsame Mischung aus Vorfreude und Nervosität. Ein seltsamer Gefühlscocktail war das, der sich auf beängstigende Weise wie Verliebtheit anfühlte – ein Gefühl, dass sich Bridget aber in Bezug auf Dimitri nicht zugestehen wollte.

Ihr Chef, der alte Wringendorf, riss sie aus ihren Überlegungen. Er war geräuschlos und plötzlich in ihrem Büro aufgetaucht. Er streckte ihr den ausgestreckten Daumen entgegen und sagte, fast im Vorbeigehen: „Das mit dem freien Tag geht in Ordnung. Sid und Nora können deine Termine übernehmen, ich habe das schon geregelt!" Schon war der Alte verschwunden. Bridget versuchte, sich ihre Überraschung nicht anmerken zu lassen.

Im nächsten Moment bemerkte Bridget, dass der Antrag für den freien Tag von ihrem Account aus gestellt wurde – Wringendorf hatte die Anfrage schon in den frühen Morgenstunden positiv bestätigt. Hier war das Gleiche im Gange wie bei dieser Online-Bestellung: Irgendjemand hatte von außen Zugriff genommen und sie auf unglaubliche Weise bevormundet. Bridget war sich sicher, dass Dimitri dahinterstand. Die zeitliche Nähe zum Termin der Vertragsunterzeichnung war weit mehr als ein Zufall!

Bridget wurde unwohl. Sie war bei Wringendorf auch in der EDV-Arbeitsgruppe, die mit Internetsicherheit, der Abwehr von Cyberattacken und digitaler Betriebsspionage beschäftigt war. Wenn sie Wringendorf jetzt mitteilte, dass irgendjemand – vermutlich waren es die Leute von Dimitri - im internen System der Firma beliebig Termine und Urlaube eintrug, dann wäre Feuer am Dach!

Da machte Bridget die nächste Entdeckung – fast hätte sie es übersehen: Dem Termin war eine Ortsangabe beigefügt worden: Es war eine Adresse in der Innenstadt, und Bridget kannte die Gegend genau: Es handelte sich um die Luxus-Einkaufsmeile der Stadt. Hier reihten sich Luxusboutiquen, Beauty-Salons, Juweliere und Coiffeure an edle Cafés, Bistros, Restaurants und Anwaltskanzleien. Auch das eine oder andere Haus für Design- und Inneneinrichtung war hier zu finden. Die meisten Unternehmen, die hier ansässig waren, zeichneten sich unter anderen dadurch aus, dass sie in ihren Auslagen und Schaufenstern auf Preisangaben verzichteten: Für die Klientel, die hier verkehrte, waren Preise schlicht irrelevant.

Bridget versuchte, kein Lampenfieber zu entwickeln. Aber in ihr machte sich eine fast kindliche Aufgeregtheit und Freude breit. So fühlte sie sich, wenn sie zu Weihnachten auf den Weihnachtsmann wartete. Unwillkürlich musste sie an ihren Einkaufsexzess denken, den sie sich mit Corinna geliefert hatte und den Dimitri finanziert hatte. Die 28.476 Euro, die auf ihr Konto gegangen waren, waren ihr noch sinnlich-schmerzend in Erinnerung…

Als der große Tag gekommen war, war Bridget bereits um 4:40 wach geworden. Ihre dicke Teflonschicht, die sie sich in all den Jahren zugelegt hatte, in denen sie familiäre Erwartungen, akademische Anforderungen und berufliche Widerstände überwinden bzw. bewältigen musste, funktionierte diesmal nicht. Bridget war aufgeregt. Sie lag wach im Bett. In ihren Tagträumen würde sie Dimitri heute auf einen Einkaufsexzess der Sonderklasse einladen. Sie sah sich gemeinsam mit ihm, händehaltend oder eng umschlungen, von Geschäft zu Geschäft gehen. Er würde alles finanzieren und sie würde hemmungslos einkaufen. Je mehr sie ausgab, umso größer würde Dimitris Begierde werden. Schon zu Mittag würden sie in Dimitris Bett landen, leidenschaftlichen Sex haben und dann, um 17:00, schnell diesen Deal ins Trockene bringen. Dann würde gefeiert werden. Sobald sie Wringendorf wieder losgeworden waren, würden sie sich wieder umeinander kümmern: Diesmal aber würde es keinen Blümchen-Sex geben. Bridget stellte sich vor, dass sich Dimitri für die Nacht etwas Exzentrischeres, Härteres hätte einfallen lassen…

Um halb sechs stand Bridget dann doch auf. Sie war irritiert, dass sie sich auf solch teenagerartigen Tagträume eingelassen hatte. Das war gar nicht ihre Art – romantische Tagträume hatten noch mehr als andere Tagträume die Eigenschaft, Fantasie zu bleiben. Mit ihrer zynischen Nüchternheit war sie viel besser gefahren. Bridget schaffte es nach der morgendlichen Dusche dann doch, in einen Alltagsmodus zu kommen, der es ihr erlaubte, effizient ihre familiären und beruflichen Aufgaben anzugehen. Sie machte ein kleines

Frühstück, ging schnell die Post vom Vortag durch und schenkte dem Mädchen ihre ganze Aufmerksamkeit.

Als Bridget die Kleine im Kindergarten abgeliefert hatte, drang ihr wieder ins Bewusstsein, dass heute ein besonderer Tag war: Es ging jetzt nicht retour ins Homeoffice oder weiter ins Büro. Nein, sie musste in die Fußgängerzone der Innenstadt. Bridget atmete tief durch, als sie das Auto startete. Sie spürte, dass dieser Tag so manche Überraschung für die bereithalten würde. Tief in ihrem Innersten waren ihr Tage, in denen sie alles unter Kontrolle haben würde, lieber…

Bridget traf pünktlich an der Adresse ein, zu der sie Dimitri bestellt hatte. Doch von Dimitri war nichts zu sehen. Stattdessen stand da ein junger Mann vom Typ Leibwächter: Jung, athletisch, Maßanzug, Sonnenbrille. Er ging auf sie zu.

„Bridget, nehme ich an? Ich bin Steve." Er reichte ihr die Hand und fuhr fort: „Dimitri hat mich geschickt, ich soll Sie durch den Tag begleiten, wenn es Ihnen recht ist?" Er sah sie erwartungsvoll an, konnte aber ihre Augen hinter den dunklen Sonnenbrillen nicht erkennen.

Bridget musterte Steve. Er sah aus wie ein Laufbursche eines Mafia-Paten. Genauer gesagt wie ein Laufbursche eines Mafia-Paten in einem drittklassigen Film im Bezahl-Fernsehen. Aber er war echtes Eye-Candy, fand Bridget. Sie dachte an Corinna: Ihre Freundin wäre von Steve sicherlich begeistert gewesen.

„Hallo Steve!", gab Bridget zurück. Sie hatte es geschafft, rechtzeitig ihre Maske der Unnahbarkeit und souveränen Gelassenheit aufzusetzen. Dieses „Hallo Steve!" klang etwas gelangweilt und herablassend. „Ihre Begleitung ist mir recht.", beantwortete sie in gleichem Tonfall die offen gebliebene Frage. „Ich nehme an, dass Sie oder Dimitri gar keine andere Antwort zulassen würden?", stellte Bridget eine rein rhetorische Frage.

Steve nickte zustimmend und schien über Bridgets Zustimmung erleichtert zu sein. „Sie liegen sicherlich richtig,", gab er nach kurzem Schweigen dann doch zurück.

Steve führte Bridget in einen Beauty-Salon. „Hier wird man sich um Sie kümmern!"

Als Bridget das Interieur sah, entspannte sie sich. Alles hier war erstklassig und hatte nur den einen Zweck: Die Kundinnen sollten sich wohlfühlen, während zahllose geschickte Hände sich bemühten, oft durchschnittlich attraktive Frauen und Männer in wahre Schönheiten zu verwandeln.

Nachdem sich Bridget gesetzt hatte, gingen die Damen und Herren sofort an ihr Werk. Bridget war irritiert: War es nicht üblich gefragt zu werden, was man sich vorstellte? Es gab ja so viele Entscheidungen zu treffen: Welcher Typ wollte man sein, gab es einen speziellen Anlass für das Beauty-Tuning, wie sollten die Haare aussehen, wie das Makeup. Hier aber gab es keine Fragen. Bridget rückte nervös auf ihrem Stuhl herum. Die Chefin des Hauses – sie überblickte aus einiger Distanz das Tun ihrer Mitarbeiterinnen und Mitarbeiter – trat näher heran.

„Entspannen sie sich. Ich habe gestern mit Dimitri alles besprochen. Er hat ja so einen fantastischen Geschmack. Sie werden sehen, sie werden in wenigen Stunden schöner sein als je zuvor!" Die Dame mittleren Alters legte mütterlich ihre Hand auf Bridgets Unterarm. Sie lächelte und Bridget war nicht ganz sicher, ob es ein professionelles oder ehrlich gemeintes Lächeln war. Sie war kurz davor, aufzuspringen und zu gehen: Erst die Sache mit ihrer gehackten Internet-Recherche, dann der anonyme Eintrag in ihren Terminkalender und jetzt das?

Bridget ermahnte sich, ruhig zu bleiben. Sie nahm ein Schluck Wasser – natürlich Perrier – und atmete tief durch. Sie schloss die Augen, und versuchte, die Situation zu genießen.

Unwillkürlich musste sie nun an diese kleine Episode denken, die sich vor vielen Jahren zugetragen hatte. Sie war kurz vor dem Schulabschluss und noch keine zwanzig, als ihr ein Besitzer einer Edel-Boutique ein völlig ungeniertes sexuelles Angebot gemacht hatte. Damals hatte sie auch den Mut gehabt, nicht davonzulaufen, und ihr Mut war reichlich belohnt worden.

Nach einigen Stunden waren Bridgets dunkelblonde, schulterlangen Haare Geschichte. Nun hatte sie eine freche Kurzhaarfrisur: eine ausrasierte Nackenpartie, kurz geschnittene Seiten und längere Haare am Oberkopf ergaben einen wirklich kessen Kurzhaar-Look. Dazu kam eine riskante Farbe. Ihre Haare waren nun metallisch silberblond, mit einem zarten Touch lila. Das Makeup war dunkler als sie es normalerweise trug, es passte aber zur neuen Frisur und stand ihr gut. Bridget war zufrieden. Sie fühlte sich fantastisch! Gleichzeitig war da aber ein Anflug von Ärger: Ärger über diese Form der Bevormundung! Sie ärgerte sich über Dimitri und sie ärgerte sich über sich selber. Warum ließ sie es eigentlich zu, dass ihr Dimitri ungefragt einen neuen Look verpasste?

Ihre Unzufriedenheit mit Dimitri sollte in den nächsten Stunden größer werden. Auch in den Boutiquen, in die sie Steve am Nachmittag führte, waren alle Entscheidungen schon gefällt worden. Um vier Uhr Nachmittag sah Bridget aus, als würde sie zu einer Cocktailparty gehen: Das schulterfreie Top, die kurzen Ledershorts, Sandalen mit hohen Absätzen. Alles erste Ware, absolut edel und absurd teuer und alles stand Bridget perfekt, so als ob die Teile für sie designed worden wären. Aber trotzdem fühlte sie sich jetzt nicht in der Stimmung für diesen Look. Und auch der Anlass war der völlig falsche: Heute ging es nicht um eine ausgelassene Party am Samstagabend, sondern um einen enorm wichtigen Business-Deal. Bridget war sauer.

Steve führte Bridget zu einer eleganten Limousine mit dunklen Scheiben. Auch das fand Bridget nun nicht galant, sondern übertrieben. Sie wusste natürlich, dass Dimitri ihren Hang zum Luxus kannte und versuchte, auf dieser Klaviatur zu spielen. Aber hofiert zu werden war das eine, entmündigt zu werden das andere.

Steve sollte Bridget natürlich zum Grand Hotel fahren, wo der Deal über die Bühne gehen sollte.

„Bringen Sie mich vorher noch kurz nach Hause. Ich muss da noch schnell etwas erledigen!", sagte sie zu Steve. Der reagierte zögerlich.

„Wir werden zu spät kommen.", wandte er vorsichtig ein.

„Die Herren werden es überleben.", gab Bridget kurz angebunden zurück.

Als die Limousine zu Hause hielt, eilte Bridget rasch ins Haus, um sich umzuziehen. Ihr war nach einem Business-Look, denn sie wollte sich wie eine Geschäftsfrau und nicht wie eine hübsche Party-Maus fühlen.

„Wow! Was ist mit dir passiert! Du siehst fantastisch aus! Ist das eine Perücke?!" Nate fiel aus allen Wolken, als Bridget ins Haus stürmte.

Bridget freute das Kompliment, gleichzeitig fühlte sie sich gestresst: Da war der Ärger über die Art und Weise, wie dieser Tag gelaufen war und die Nervosität, was der restliche Tag wohl noch bringen würde. Hoffentlich einen nüchternen Deal, auf mehr hatte sie heute keine Lust mehr.

Wenige Minuten später war Bridget wohler. Nun trug sie einen ihrer bewährten Hosenanzüge. Das entsprach genau ihrer Stimmung und dem Anlass.

Steve sagte nichts, als Bridget wieder ins Auto stieg. Mit sich trug sie eine große Papiertasche, in denen sie die Sachen gepackt hatte, die man ihr auf Anweisung Dimitris heute aufgeschwatzt hatte. Der Ärger über Dimitri war noch immer nicht verflogen. Aber sie ermahnte sich, zur Ruhe zu kommen. Der Vertrag war ja noch nicht unterschrieben. Sie musste professionell bleiben – zumindest, bis rechtlich alles unter Dach und Fach war.

KAPITEL 19:
HARTE HARTEVERHANDLUNGEN

Letztlich war Bridgets Verspätung doch erheblich. Steve führte sie um 16:30 in die Nelson-Suite. Nur Wringendorf und Dimitri waren anwesend. Keine Berater oder Anwälte. Auch Steve verzog sich augenblicklich.

Wringendorf wirkte gestresst und verärgert. „Wo bleiben Sie bloß? Und warum nehmen Sie die Anrufe nicht entgegen!" Er wischte sich den Schweiß von der Stirn.

Dimitri sah auch nicht entspannt aus. Mit kühlem Blick musterte er Bridget. Kein Lächeln.

„Nun gut!", meinte er leise. Jetzt erst sah Bridget, dass er eine elegante Tintenfeder in der Hand gehalten hatte. Nun schraubte er den Verschluss zu und legte das Schreibgerät am Schreibtisch ab. Dort lagen, wie Bridget erkennen konnte, die Papiere. Wringendorf hatte offenbar schon unterschrieben.

Ihr Chef reagierte unruhig, ja fast mit einem Anflug an Panik auf die Tatsache, dass Dimitri nun doch nicht unterschreiben würde, sondern erst mal die Feder abgelegt hatte.

„Setzen wir uns! Erzählen Sie mir doch einmal etwas über ihr Unternehmen!", meinte Dimitri. Irgendetwas in seiner Stimme verriet Bridget, dass Dimitri nicht wirklich an Plaudereien interessiert war. Scheinbar hatte er Spaß daran, Wringendorf und sie ein wenig zappeln zu lassen.

Auf dem Weg zum Tisch nahm Dimitri Wringendorf ungefragt das Champagnerglas aus der Hand. Er stellte das noch volle Glas auf ein Tablet, das ein paar Schritte weiter auf einem tiefen Loungetisch abgestellt worden war und griff dann zum Festnetztelefon. Er gab kurze Anweisungen in einer slawischen Sprache. Kurz darauf kam eine Dame in die Suite. Sie stellte ein Tablett mit zwei Wodkaflaschen und drei Gläsern auf den Tisch und nahm das Tablett mit dem Champagner und den Sektflöten wieder mit.

„Ich denke, wir sollten unseren Deal doch auf die Art und Weise begehen, wie wir das in meiner Heimat machen!", verkündete Dimitri dann und füllte die normalen Wassergläser ähnelnden Trinkgefäße randvoll mit der glasklaren und hochprozentigen Flüssigkeit.

„Trinken wir auf eine erfolgreiche Zusammenarbeit!", rief Dimitri mit übertriebener Begeisterung und offensichtlicher Schadenfreude: Es war nicht zu übersehen, dass Wringendorf zunehmend die Fassung verlor. Auch Bridget drehte sich angesichts des Wodkas der Magen um.

„Aber was ist mit der Unterschrift?", versuchte es Wringendorf vorsichtig. Seine Stimme klang unsicher und sein Gesicht war blass geworden. Er lockerte sich den Krawattenknoten, um besser Luft zu bekommen.

„Sehen sie, mein lieber Wringental", begann Dimitri. Er sagte den Nachnamen ganz sicher absichtlich falsch, um sein Gegenüber weiter zu verunsichern.

„…dorf!", korrigierte Wringendorf. Er merkte, dass er die Kontrolle über die Lage völlig verloren hatte.

„Entschuldigen Sie. Natürlich! Wringendorf!", meinte Dimitri mit gespielter Höflichkeit. Dabei schenkte er Bridget einen kalten Blick. „Also, mein lieber Wringendorf. Hören Sie mir zu. Dort, wo ich herkomme, sind Verträge und rechtliche Abmachungen – nun, wie soll ich es sagen – recht unverbindlich. Aber auch bei ihnen ist es doch so, dass irgendwelche Winkeladvokaten irgendwelche Lücken finden und dann, puff, ist alles Schall und Rauch!" Dimitri begleitete seine Ausführungen mit ausladenden Armbewegungen, die offenbar eine Explosion darstellen sollten. Dimitri war sauer. Was er sagte, klang nach einer Drohung. Bridget nippte unwillkürlich am Wodka. Die Spannung im Raum war buchstäblich zu spüren und ihr dämmerte, dass sie sich ihre Idee von einem schnellen, nüchternen Business-Deal abschminken konnte. Der scharfe Alkoholgeschmack ekelte sie.

Dimitri fuhr fort: „Darum ist es bei uns üblich, vor einem wichtigen Deal gemeinsam ein paar Gläser dieses wunderbaren Getränks zu genießen" Dimitri hob das Glas und machte einen mächtigen Schluck. Schon das Zuschauen trieb Bridget die Tränen in die Augen. Sie ahnte, worauf dieser Abend zusteuerte. Dimitri hatte nicht das bekommen, was er wollte: Bridget im kessen Partyoutfit. Jetzt bekamen sie die Rechnung präsentiert: Er ließ sie in der Luft zappeln wie Marionetten. Vielleicht platzte der Deal auch. Auf jeden Fall saß Dimitri nun am längeren Hebel und er würde ihnen einen Abend nach seiner Regie aufzwingen. Der Wodka würde dabei eine zentrale Rolle spielen, fürchtete Bridget.

„Trinken wir auf unseren Deal!" Wieder hob Dimitri das Glas. „Das erste Glas geht Ex, dann fallen die nächsten Gläser umso leichter!", erklärte er.

Bridget schauderte. Wringendorf schnappte nach Luft. Er machte Anstalten, die Flucht zu ergreifen.

„Muss das wirklich sein?", klagte Wringendorf. Er klang wie ein Schwächling. Bridget war entsetzt. Es wurde still im Raum. Dimitri musterte Wringendorf.

„Hören Sie mir jetzt gut zu, Wringendorf. Wenn Sie den Deal wollen, trinken sie mit mir. Sie werden den Wodka überleben. So ein Gelage schweißt zusammen! Außerdem redet es sich dann offener und unverblümter. Sie werden sehen, unser Deal wird auf diese Weise viel tragfähiger. Vergessen sie erst mal die Verträge! Die kommen schon noch!"

Wringendorf dämmerte, dass es kein Entkommen gab. Trotzdem zögerte er noch.

Dimitri bemerkte das Zögern. „Sie brauchen sich übrigens nicht bei mir zu beschweren. Fragen sie Bridget. Ihre tüchtige Mitarbeiterin weiß genau, warum unser Meeting so und nicht anders läuft!"

Wringendorf schaute fassungslos zu Dimitri, dann zu Bridget. Er rätselte, was das alles zu bedeuten hatte. In diesem Moment läutete Dimitris Handy. Bridget nutzte die Gelegenheit und nahm ihren Chef zur Seite.

„Jetzt reißen Sie sich doch am Riemen! Da müssen wir jetzt durch. Wir müssen vorerst nach seiner Pfeife tanzen. Dieser launenhafte, verwöhnte Gockel mit seinem dominanten Macho-Gehabe lässt den Deal sonst wirklich platzen!", impfte Bridget ihrem Chef ein. Dieser wollte Bridget eigentlich fragen, was sich zwischen ihr und Dimitri zugetragen hatte. Natürlich war Wringendorf aufgefallen, wie sehr sich Dimitris Laune verdüstert hatte, als Bridget verspätet aufgetaucht war. „Und noch etwas. Wir müssen alles tun, um die Initiative zurück zu gewinnen. Sonst entkommen wir dem Wodka nicht!", sagte Bridget bestimmt zu ihrem Chef.

Wringendorf nickte nur. Er war sichtlich froh, dass sich Bridget so kämpferisch zeigte. Er selber fühlte sich wie ein Huhn auf dem Weg zur Schlachtbank.

Dimitri hatte in der Zwischenzeit das Gespräch beendet. Bridget hatte ihr Glas erhoben und verkündete, weit weniger theatralisch als zuvor Dimitri: „Auf unseren Deal!" Dann kippte sie sich das widerliche Zeug in den Rachen. Wringendorf blickte seine Mitarbeiterin fassungslos an, tat ihr es dann aber schicksalsergeben gleich. Dimitri nickte anerkennend und leerte sein Glas ebenfalls.

Bridget stellte ihr Glas ab und versuchte, die Botschaften ihrer Geschmacksrezeptoren zu ignorieren. Sie bereitete sich nun darauf vor, eine ihre Stärken ins Spiel zu bringen: Sie würde sich nichts anmerken lassen. Keine Gefühle zeigen, vor allem keine der negativen Sorte. Sie würde die Kontrolle behalten, egal, was passieren würde. Sie blickte Dimitri in die Augen. Er sah zufrieden aus. Und sie konnte in seinem Blick Wärme und Zuneigung für sie entdecken. Bridget wusste, dass der Abend zwar anders als geplant laufen würde. Am Ende würde sie aber bekommen, was sie wollte. Und das war der Deal.

Eineinhalb Stunden später waren alle drei schon in einem recht bedenklichen Zustand. Anfangs hatte der Alkohol tatsächlich dazu geführt, dass sich die Stimmung verbesserte und eine angeregte Plauderei entstand. Wringendorf hatte sich soweit im Griff, dass er tatsächlich auf durchaus interessante Weise von der Geschichte seiner Firma berichten konnte. Dimitri war anfangs gelangweilt, aber höflich. Dann aber fand er Anknüpfungspunkte an Dinge, die Wringendorf erzählte. Aus Wringendorfs Monolog war ein Dialog geworden, Bridget hielt sich ein wenig zurück. Die beiden Männer schienen sich näherzukommen. Unheilvoll allerdings war die Penetranz, mit der Dimitri in regelmäßigen Abständen sein Glas erhob. Er achtete peinlich genau darauf, dass nicht getrickst wurde. Ein kleines Nippen wurde nicht akzeptiert, gefragt war richtiges Trinken.

Bald war Wringendorfs Blässe verschwunden und einem kräftigen Rot gewichen. Auch Bridget merkte, wie der Wodka zu einer verstärkten Durchblutung ihrer Wangen führte. Der Alkohol hinterließ außerdem ein sanftes Brennen in der Speiseröhre. Insgesamt wurde ihr wärmer und wärmer. Von

Vorteil war, dass sie sich nun gelassener und entspannter fühlte. Auch, als sie den Wodka immer stärker spürte, ermahnte sie sich, nicht auf den Vertrag und ihre eigentliche Mission zu vergessen.

Als alle drei schon mehrere Gläser geleert hatten, flaute die Unterhaltung langsam ab. Vor allem Wringendorf fiel das Reden schon etwas schwerer und auch Bridget merkte, dass sie selbst für die klitzekleinste Bewegung und Wortmeldung mehr Konzentration aufbringen musste als im nüchternen Zustand. Auch an Dimitri war der Alkohol nicht spurlos vorüber gegangen. Er sah erschöpft aus.

Nach jedem geleerten Glas hoffte Bridget, dass Dimitri nicht mehr nachschenken würde. Wringendorf war inzwischen schon ziemlich weggetreten. Er lungerte in einer Chaiselongue und schien Mühe zu haben, selbst im Sitzen nicht wegzukippen. Bridget war zwar auch schon ziemlich blau, trotzdem ärgerte sie sich über ihren Chef. Sie hätte nicht gedacht, dass er so wenig Nehmerqualitäten hatte.

Auch Dimitri war immer mehr damit beschäftigt, mit den Auswirkungen des Alkohols zu Rande zu kommen. Inzwischen war ein normales Gespräch nicht mehr möglich: Allen war die Zunge schwer geworden, außerdem fabrizierten ihre Hirne absurd-sinnlose Sätze, auf die noch abstrusere Entgegnungen folgten. Der Abend war bald vorbei, dachte Bridget benommen. Und Unterschrift gab es noch immer keine.

Dimitri torkelte auf Bridget zu und drückte ihr das nächste Glas in die Hand. „Du bist hart im Nehmen!", lallte er. „Aber das überrascht mich nicht im Geringsten!"

Bridget wusste: Wenn sie nur einen einzigen weiteren Schluck trinken würde, würde sie umfallen und einschlafen. Sie raffte sich auf und schleppte sich zu Dimitri. Dieser sah sie mit glasigen Augen und erheblich verzögerten

Reaktionszeiten an. Obwohl er sein Glas in der Rechten hielt, drückte ihm Bridget ihr Glas in seine linke Hand. Dimitri wollte sofort protestieren, konnte sich aber nicht gleich entsprechend artikulieren. In der Zwischenzeit hatte sich Bridget mit Mühe zwischen seine Beine gekniet, seinen Gürtel geöffnet und Dimitris Schwanz aus einen Pants befreit.

Dimitri schien begeistert zu sein. Trotz seines Zustandes stellte sich augenblicklich eine herrliche Erektion ein. Bridget hatte beschlossen, Dimitri mit Sex abzulenken. Vielleicht würde ihr auf diese Weise das völlige Wodka-K.O. erspart bleiben. Obwohl auch Bridgets Motorik ihr so manchen Streich machte, schaffte sie es, Dimitris Glied zu fassen und in ihren Mund zu schieben. Sie konzentrierte sich angestrengt und schaffte es mit eiserner Disziplin, trotz ihres Zustandes halbwegs brauchbaren Oralsex zu Stande zu bringen. Ihr Plan funktionierte: während Dimitri die Kontrolle nun völlig verloren hatte und abwechselnd aus dem Glas in seiner Linken und dann wieder aus dem Glas in seiner Rechten trank, lutschte und saugte Bridget hingebungsvoll diesen wundervollen Schwanz. Ab und zu musste sie absetzen: Die alkoholbedingte Übelkeit vertrug sich nämlich schlecht mit dem tiefen Eindringen eines Penis in ihren Rachen. Während sie den Oralsex unterbrach und zuwartete, dass sich die Übelkeit wieder legte, stimulierte Bridget Dimitris Prachtstück eben mit der Hand. Aus den Augenwinkeln konnte sie erkennen, dass Wringendorf den beiden mit völlig entgleistem Gesichtsausdruck beim Sex zusah. Er hatte noch immer Mühe, den Oberkörper ruhig zu halten. Außerdem tat es sich dabei schwer, den Blick zu fokussieren auf das, was sich da vor ihm abspielte. Immer wieder triftete sein Blick ab. Bridget war auch schon völlig benebelt. Absurde Gedanken drängten sich in ihr Bewusstsein, dann ermahnte sie sich und schaffte es, wieder an den Vertrag und die Unterschrift zu denken. Wie aber sollte sie Dimitri jetzt noch eine Unterschrift abringen? Und was sagte die Gewerkschaft eigentlich dazu, dass sie bei einem Vertragsabschluss Oralsex mit einem Kunden hatte und dabei vom Firmenchef beobachtet wurde?

Ein lautes Scheppern unterbrach die seltsame Szenerie: Wringendorf war endgültig vom Sofa gekippt. Mühsam rappelte er sich auf und verschwand wankend in Richtung Toilette. Gerade, als sie hörte, dass sich ihr Boss auf der Toilette übergab, spritzte eine enorme Portion heißes Sperma zwischen ihre Finger auf den Perserteppich, der die Suite zierte.

„Ups!", kicherte Dimitri, als er begeistert diese Schweinerei begutachtete. Dann leerte er das Glas in seiner Rechten, dann das Glas in seiner Linken. Bridget lehnte sich inzwischen erschöpft sitzend an den Couchtisch und konnte mit Verblüffung beobachten, wie Dimitri zum Tisch wankte und seine Unterschrift unter die Dokumente setzte. Dann richtete er sich auf und wirkte seltsam steif. Im nächsten Moment fiel er wie eine Bahnschranke in die Horizontale und katapultierte bei seinem Sturz in das Sofa das Tablett mit den leeren Wodkaflaschen quer durch das Zimmer. Dann – endlich – kehrte Ruhe ein in die Nelson-Suite des Grand Hotels. Nobel war es in den letzten Stunden hier wahrlich nicht zugegangen.

„Was für Schwächlinge!", dachte Bridget nur, während ihr Gehirn versuchte, ihre Sinneswahrnehmungen so zu verknüpfen, dass dabei was halbwegs Sinnvolles herauskam. Sie hatte längst jegliches Zeitgefühl verloren und deshalb wusste sie nicht, wie lange sie dahockte und versuchte, wach zu bleiben. Sie nahm all ihre Kraft und Disziplin zusammen, um den Kampf gegen den Wodka nicht zu verlieren. Es war qualvoll, nicht einfach dem Drang nachzugeben, umzukippen und auf dem Teppich einzuschlafen.

Nach einer gefühlten Ewigkeit bekam Bridget den Eindruck, dass sie das Allerschlimmste hinter sich hatte. Ihre

Wahrnehmungen waren nun weniger getrübt, die Bilder in ihrem Kopf bekamen langsam wieder eine Bedeutung und es begann sich in ihrem Bewusstsein wieder eine Vorstellung davon zu bilden, war nun zu tun war.

Bridget bemühte sich, auf die Beine zu kommen. Dimitri schlief. Vorsichtig mühte sie sich an den Tisch. Tatsächlich. Da waren sie, die Verträge. Unterschrieben. Das Exemplar für Dimitri ließ sie unangetastet, dass für die Firma Wringendorf steckte sie in ihre Tasche. Wringendorf – wo war der eigentlich abgeblieben? Bridget schaute sich um. Er war nirgends zu sehen. Aber dafür war ein Schnarchen zu vernehmen, es kam aus einem der Schlafzimmer.

Bridget stolperte ins Bad und achtete darauf, nicht zu stürzen. Im Spiegel sah sie eine schwer mitgenommene Bridget, die neue Frisur und das Makeup waren verwüstet. Egal – was zählte, war der Vertrag in ihrer Tasche. Bridget spritzte sich Wasser ins Gesicht und nahm einen vorsichtigen Schluck aus dem Wasserhahn. Die Übelkeit war nach wie vor da, sie musste vorsichtig bleiben.

Auf dem Weg zurück in den Lounge-Bereich sah Bridget durch eine offene Tür, dass Wringendorf quer in einem Doppelbett lag und schnarchte. Er hatte offensichtlich noch versucht, sich auszuziehen, war aber auf halbem Wege gescheitert. Was Bridget trotzdem zu Gesicht bekam, war nicht gerade erfreulich. Sie wandte sich ab und holte stattdessen ihr Mobiltelefon hervor. Sie bestellte ein Taxi: Nichts wie nach Hause!

KAPITEL 20: DAS PENTHOUSE

Am nächsten Tag meldete sich Bridget krank. Sie hatte die Personalchefin erreicht und erfuhr von ihr, dass irgendein Virus im Umlauf sein müsse, denn auch der Chef sei erkrankt. Bridget rang sich ein müdes Lächeln ab.

Nate war Gentlemen durch und durch. Er hatte ihr ein Aspirin ans Bett gebracht.

„Was auch immer gestern Abend los war: Ich bin froh, dass du es überlebt hast!" Er lachte. „Und wenn es dir besser geht, nimm bitte eine Dusche. Hier herinnen riecht es wie in einer Schnapsbrennerei."

Nate hatte einen schwarzen Humor. Er konnte über sich selbst lachen, hielt sich aber auch nicht zurück, wenn ein Witz auf Bridgets Kosten ging.

„Habe ich die Kleine geweckt?", fragte Bridget vorsichtig nach. Ihr Kopf schmerzte.

„Nein. Aber du hast dich bemüht!", sagte Nate grinsend.

„War es sehr schlimm?", wollte Bridget nun wissen und war sich gar nicht sicher, ob sie die Details ihrer Rückkehr in die eigenen vier Wände wirklich erfahren wollte.

„Erst hast du den Schlüssel nicht ins Schloss gebracht und einfach angeläutet. Dann hast du deine Tasche ins Eck gepfeffert. Du hast wie irre gelacht und irgendetwas von erbärmlichen Schwächlingen gefaselt. Du hast dir ein Glas Mineralwasser eingeschenkt, die halbe Flasche landete aber nicht im Glas, sondern am Küchentisch. Die Tageszeitung war danach Matsch.", schilderte Nate die Ereignisse.

„Oh, mein Gott. Das tut mir leid!", antwortete Bridget ehrlich zerknirscht.

„Willst du wissen, wie es weiterging?", bohrte Nate nach. Ihm machte es sichtlich Freude, Bridgets nächtlichen Auftritt in allen Details zu schildern.

„Nein danke, das reicht.", gab Bridget zurück. „Aber", begann sie und ihre Stimme klang nun triumphierend, „ich habe den Vertrag". Anschließend begann Bridget, Nate eine entschärfte Version des Abends zu geben.

„Du hast also zwei Männer unter den Tisch getrunken, die beide mindestens 30 Kilo mehr als du haben?", fragte Nate ungläubig nach, er meinte die Frage aber rein rhetorisch.

Bridget wechselte das Thema. „Ich habe heute frei. Bis Mittag erhole ich mich noch. Was hältst du davon, wenn wir am Nachmittag mit der Kleinen in den Zoo gehen?"

Nate strahlte. „Wenn du das schaffst, wäre es fein. Am Abend muss ich dann mit den Jungs ran. Auftritt im Club. Dann musst du zu Hause das Abendprogramm abwickeln!"

„Das geht sich ja alles wunderbar aus!", resümierte Bridget die Familienpläne für den Tag. „Ich schlaf dann noch eine Runde", meinte Bridget abschließend. Müdigkeit hatte sich wieder in ihr breitgemacht. Das Bewusstsein über den erfolgreichen Vertragsabschluss hellte ihre Stimmung jedoch deutlich auf.

Als Bridget nach ihrem freien Tag wieder im Büro erschien, wurde sie noch am Gang von Wringendorfs Sekretärin abgefangen und ins Chefbüro zitiert. „Der Alte ist fuchsteufelswild. Sie müssen sich was Schwerwiegendes zu Schulden haben kommen lassen!"

Bridget machte sich auf den Weg. Wringendorf sprang hinter seinem Schreibtisch auf, als sie das Büro im obersten Stockwerk des Firmensitzes betrat. „Was zum Teufel ging an diesem Abend mit Wolkow eigentlich vor?! Da lag doch etwas in der Luft und es war offensichtlich, dass Wolkow Bescheid wusste und sie auch! Nur ich stand da und war ahnungslos! Der ganze Abend war ein DESASTER! Das war peinlich, unprofessionell, unmoralisch – dabei hatte ich so eine gute Meinung von Ihnen!"

Wringendorf hatte einen hochroten Kopf, er schwitzte und war mehr als erregt. Bridget antwortete nicht, sondern drückte ihrem Chef einfach nur den rechtsgültigen Vertrag in die Hand. Sie grinste ihn triumphierend an: „Wann starten wir mit der Umsetzung?"

Wringendorf hatte die schriftliche Entlassung von Bridget vorbereitet, als diese aber eine Stunde später sein Büro verließ, hatte sie eine Gehaltserhöhung und die größte Erfolgsprämie in der Tasche, die es je bei Wringendorf gegeben hatte. Außerdem würde sie ab nächstem Monatsersten das leerstehende Eckbüro in der Chefetage beziehen dürfen.

Zufrieden setzte sich Bridget an ihren Schreibtisch. Überrascht nahm sie vom A4-Kuvert Notiz, das an den PC-Bildschirm gelehnt worden war.

Im Kuvert lag ein Brief von Dimitri Wolkow. Außerdem gab es eine Fahrerlaubnis der Behörde für die Fußgängerzone in der Altstadt, auf der das Nummernschild ihres Autos angeführt wurde. Und zu guter Letzt war da ein Kaufvertrag über eine Penthouse-Wohnung in exquisiter Innenstadt-Lage. Dieser Vertrag wies zu Bridgets grenzenloser Verblüffung sie als Käuferin aus und trug, was noch unbegreiflicher war, ihre Unterschrift. Ein Wohnungsschlüssel rutsche aus dem Kuvert auf ihre Schreibunterlage.

Geschätzte Bridget!

Ich möchte mich auf diesem Wege für den amüsanten Abend im Grand Hotel bedanken. Du bist in allen Belangen aus einem ganz besonderen Holz geschnitzt. Aber ich möchte klarstellen, dass der Vertrag nicht zu Stande kam, weil du Stil hast, erstklassig im Sex bist und erstaunliche Ausdauer beim Wodkatrinken hast. Wir arbeiten in Zukunft zusammen, weil Wringendorfs Angebot das Beste war.

Das Geschenk, das diesem Schreiben beiliegt, hat nichts mit unserer kleinen Privatparty zu tun. Vielmehr ist es die Begleichung einer kleinen Wettschuld. Ich habe beim Golf verloren und mich ungünstiger Weise mit meinem Freund Rachid auf einen relativ hohen Wetteinsatz geeinigt. Frage nicht nach Details, aber dir sei versichert: Es hat alles seine Richtigkeit.

Viel Spaß mit meinem Präsent. Ich würde mich über eine Einladung freuen!

Kuss, Dimitri

P.S. Es war gar nicht einfach, dich vom Wodka loszueisen und dir den Schreiber in die Hand zu drücken. Schließlich bist du meinem Charme doch erlegen und hast den Kaufvertrag noch unterzeichnet. Ich hoffe du verzeihst, dass ich deinen Zustand so schamlos ausgenutzt habe!

Jetzt war es Bridget, die sprachlos war. Sie konnte sich nicht einmal ansatzweise daran erinnern, dass sie in der Hotelsuite irgendwelche Papiere unterzeichnet hatte! Wenn sie aber an die Mengen Alkohol dachte, die an diesem Abend konsumiert wurden, war sehr wohl alles möglich!

Und was meinte Dimitri, als er von dieser angeblichen Wettschuld berichtete? Das alles war mehr als vage. Ganz zufrieden geben konnte sich Bridget mit diesen Halbinformationen nicht. Sie war es gewohnt, Gewissheit über die Dinge zu haben, die sie persönlich betrafen. Sie würde also das Gespräch mit Dimitri suchen – er schlug in seinem Schreiben ohnehin ein Treffen vor. Bridget war nicht abgeneigt, denn die Erinnerung an den Oralsex mit ihm war – im Gegensatz zu ihrem Immobiliendeal in volltrunkenem Zustand – nicht verblasst!

Da lag er also, dieser Schlüssel. Bridget informierte Wringendorf, dass ihre Mittagspause heute etwas länger ausfallen würde. Sie setzte sich in ihr Mercedes-Cabrio und machte sich auf den Weg. Es war ein seltsames Gefühl, die Straßen der Fußgängerzone mit dem Auto zu befahren. Bridget genoss aber die neugierigen Blicke der Passanten. Sie sahen eine attraktive Frau in einem luxuriösen Cabrio, mit edlen Sonnenbrillen und gelassenem Gesichtsausdruck – eine offensichtlich sehr erfolgreiche Frau.

Bridget war an der angegebenen Adresse angekommen. Das Gebäude war in einer Nische zwischen zwei mittelalterlichen Bauwerken errichtet worden. Bisher stand hier ein schmuckloser Zweckbau aus der Nachkriegszeit, der auf einem Bombentrichter errichtet worden war. Irgendein Immobilien-Agent kaufte die Bausünde aus den 50er-Jahren und hatte nun die Absicht, mit erstklassigen Wohnungen noch erstklassigeren Profit zu machen. Bridget war oft an der Baustelle vorbeigegangen, ohne sich weiter für die hier entstehende Luxus-Immobilie zu interessieren.

Sie lenkte das Fahrzeug in die Tiefgarage. Sofort entdeckte sie den Parkplatz für Top 11. Bridget stellte das Auto ab und ging zum Aufzug. Diesen konnte man nur mit einem Transponder am Schlüsselbund rufen.

Als sich im obersten Stockwerk die Lifttür öffnete, stand sie mitten in einem lichtdurchfluteten Penthouse. Alles roch noch sehr neu und nach kürzlich beendeten Bauarbeiten. Für Bridgets feine Nase duftete es hier aber nicht nur nach Farbe und neuem Parkettboden, sondern nach purem Luxus.

Die Wohnung bot im offenen Wohnbereich einen herrlichen Blick nach Süden, über die Dächer der Stadt hinaus bis ins Grüne. Es gab zwei Schlafzimmer mit Bad, WC und begehbarem Schrank. Der Wohnbereich ging direkt in die Küche über. Diese war aber noch nicht eingebaut worden, aber die nötigen Anschlüsse waren schon alle da. Die Dachterrasse erstreckte sich über die südliche und westliche Seite des Appartements.

Bridget war fassungslos. Das Appartement war riesig, die Lage erstklassig. Etwas benommen und in Gedanken versunken spazierte Bridget minutenlang durch die Räume. Ideen für die Einrichtung drangen in ihr Bewusstsein und langsam manifestierte sich auch eine Vorstellung davon, wie sie dieses Penthouse nutzen würde: Es würde ihr ganz privater Rückzugsraum sein. Wenn sie hier war, würde sie nicht IT-Expertin sein oder Ehefrau oder Mutter. Dieses Ambiente war perfekt dazu geeignet, um ihre tiefsten und intimsten Begierden ausleben zu können.

Sie beschloss, Wringendorfs Prämie für die Inneneinrichtung zu verwenden. Und wenn alles fertig und perfekt war, würde sie Dimitri einladen. Sie wollte schließlich wissen, was es mit dieser Wettschuld auf sich hatte. Und natürlich hatte sie noch so manch anderes mit ihm vor…